JN213562

関本 和郎

おっとろしや ひゃく六歳

―元気な母ちゃんと私の愉快な日常―

東京図書出版

はじめに

いずれは母を看ないといけない、と思っていました。

四国の西南部、宇和島市が私の故郷。高校までこの地で暮らし、大学・就職と約44年間故郷を離れ、永いUターンをして、独り暮らしの母のもとへ帰って来てからもう12年が経ちました。定年退職してから2年が過ぎた頃、たまたま宇和島市立勤労青少年ホーム館長の公募があり、ダメもとで受けたら幸いにも合格。これが堂々と田舎へ帰れる切っ掛けとなりました。

当時は奈良県の王寺町に近い団地住まい。急きょ妻だけを残して帰郷。それから母と二人の生活が始まったのです。妻が看護師の仕事に切りを付けて帰って来たのが翌年の1月。二人とも同郷の生まれです。妻は89歳になってもまだ畑仕事が生き甲斐の義母と二人暮らしをすることになります。以後、今日まで別居生活が続いています。「変な夫婦やなあ」或いは「離婚したのか」、などと言う人もいますが、お互いの年寄りを看るには他に方法はない。お陰で母106歳、義母100歳、今もなお健在です。

よくこの歳まで頑張ってくれたものだと思います。当然両母とも耳は遠くなり視力は衰え、身体のあちこちに支障も出て、病院通いが仕事になる。歩くのも人の手を借りなければ危なくて仕方ない。数年前までは畑仕事に出ていた義母。うちの母も洗濯やら炊事をしていた。煮物をすれば必ずと言っていいほど焦げ付かせてしまったり、洗濯物を干したりしては疲れ、身体に堪えてしまう。もう十分に頑張ってきたのだから、「楽しさいや」と言っても聞こうとしなかった、二人揃って大正生まれの頑固者です。それが今も元気の秘訣かもしれませんが。

元気者とはいえ、まさか自分の母が106歳も長生きするとは想像さえしていなかった。大正・昭和・平成、そして令和を生きてきた母。その日常の微笑ましい逸話、勇気を与えてくれる姿、老いに向かって崩れていく様、これらは子や孫達へのメッセージとして書き残していくべきではないか。そういう思いで書き留めてきた「母の物語」です。

令和6年6月

関本和郎

おっとろしや　ひゃく六歳 ❖ 目次

はじめに……1
93歳はまだおばあちゃんじゃない?!……7
平成24年、次男が帰ってきた……9
95歳、東京の孫の結婚式に出席?……11
私の定年で、ヘルパーさんのサービスが受けられない……15
99歳、少しずつボケ始めたか?!……20

ノブちゃん、テレビ出演す！……25
ノブちゃんはリサイクル名人……61
平成最後の年に迎える１０１歳誕生日……77
令和の時代を迎えました……113
令和６年、おっとろしや１０６歳のお花見……196

93歳はまだおばあちゃんじゃない?!

盆・正月の帰省は、独り暮らしの母のための最低限の親孝行でした。

そんなある時、良い機会だから写真を撮ってあげようと母に言うと、「いやよォ、おばあさんに写るから」と、手を振って遮られた。「エエッ。93歳よ。もう十分すぎるおばあちゃんやがな」と言って二人で大笑い。本人はまだ80くらいのつもりでいるらしい。

母はこの年まで田舎で独り暮らし。週2回1時間ヘルパーさんが入ってくれていたが、炊事洗濯等は独りでこなしていた。隣町に長女が嫁いでいて、仕事の都合でしょっちゅう家のほうへは寄ってくれていたので、大阪の地に勤めながらも、多少の安心感はあった。でも年寄りの独り暮らしは心配です。それから2年を経て、運良く故郷宇和島へ帰って来ることができた時の母の喜びようは、まさに筆舌に尽くし難いものであったと思われます。

当然、私も子としての義務が果たせることに安堵したものでした。

母延子。大正7年1月12日生まれ。戦争を経験してきた人は、恐るべきパワーと精神力を持っている。三人の子供たちに迷惑はかけられないという気概が、ここまで頑張らせてきたのである。もののない時代に育った事から、ものを大事にする心、もったいない精神も半端ではない。一度使ったラップでさえも次に使おうとする。レジ袋やビニール袋は時々洗って干してある。ゼリーのプラスチック容器も同様。兎に角、捨てるという行為が罪悪であるかのように何でも大事に取っておくのである。こっそりと私が捨てたりするが、イタチごっこみたいなものである。

私と一緒に暮らすようになってから、安心感と体力的に多少楽になってきたことで、脳と身体が徐々に衰えてきたように思う。勿論、加齢が一番の原因ではあろうが。さっき言った事を忘れている。何度も同じ事を聞いてくる。朝娘が来て声かけていても昼過ぎになると「今日は（娘は）来ていないの？」……などと、きりがない。とんちんかんな会話は妙に可愛らしく興味深い。去年辺りからメモしていると、まるで漫才やコントのネタを聞いているようなのである。あと何年生きるか分からないが、母の記録として残しておこう。これからも続いていくであろうエピソードが楽しみである。

平成24年、次男が帰ってきた

平成24年の6月1日より、私は市立勤労青少年ホーム館長の仕事に就くことができました。ここから母と二人の生活が始まるのです。一応公務員ですので土・日・祭日は休み。勤務時間は午後1時から午後9時まで。働く青少年のためのクラブ活動や集いの場となるので、当然昼間の仕事は少なく夜間中心の業務となります。まさに天の采配、この時間帯が非常に都合良く、午前中が母の通院や接骨院通いのために有意義に使えたのです。それぞれ毎週1回ずつ、私のルーチンワークとなります。ヘルパーさんも週2回、1時間来てもらっていましたので、私も家事では案外楽をさせてもらっていました。

勤務初日、自転車で7~8分とかからない自宅へ夕食を摂りに帰ります。食卓には母手づくりの夕飯が用意してあります。これは94歳の母には重労働。1時間の休憩では私も賄いはできず、何とかしなければならないと思い、早速翌日からは弁当の宅配を頼むことにしました。たった1個の弁当ですが、毎日届けてくださったお弁当屋さんには感謝しています。

後日、母はしみじみ言いました。「あんたが弁当を食べてくれるので、私は本当に大助かりやったよ」……「夕飯は私が作ってあげるから」と張り切っていたようですが、実際問題それはかなりの負担となるはずです。とても94歳の身体ではできっこありません。

朝食はパンと牛乳。初めの頃は一緒に食べていましたが、母の方がだんだん起きてくる時間が遅くなってきたので、別々に食べるようになりました。私は8時頃。母は8時半から10時頃になります。目玉焼きやゆで卵は私の気が向いた時に作ってやります。昼食は夕ご飯の分とあわせて、主に私が作ります。買い物も土日だけでは足らないので、出勤前の時間はかなり忙しいのです。この頃からスーパーのチラシには必ず目を通して、何処が安いとか美味いとか、普通の主婦に負けないくらいの買い物上手になっていきます。そして料理のレパートリーも徐々に増えていきます。ただ、好き嫌いがなく、肉や刺身が好物な母に対して、どちらかと言えば偏食気味でほとんど肉を食べない私。母には辛いもの硬いものはダメだし、献立には一番苦労します。世のお母さん方には頭が下がります。

95歳、東京の孫の結婚式に出席？

平成25年8月

✧東京にいる長男の子供から、結婚式の招待状が来た。勿論、松山・東京間は飛行機を利用し、各空港までは車での送迎があるので、道中はそう苦になることはないが、8月の暑い最中。何しろ95歳の高齢なのでやはり身体のことが心配。こちらの気も知らないで本人は行く気満々。

ところがその7日ほど前、夜中トイレに行く途中、廊下から玄関口まで転んでしまった。二階に寝ていた私はその物音に吃驚して駆け下りると、胸を押さえてうずくまっている。幸い本人は少し痛いだけで何ともないと言う。夜が明けてから病院に行ったが、打撲との診断。よくそれくらいで済んだものだ。身体の柔らかいのと骨が丈夫なことが幸いしたようだ。しかし、なかなか痛みが引かない。私と妻、妹は東京へ行かねばならない。と、病院の院長先生が、入院なさったらと言ってくれて、早速入院してもらい、我々は気兼ねなく東京へ行くことができた。本人は残念がっていたが、これはもう致し方ない。

それからです。玄関口にも手すりをつけ、夜は私が母の横で寝るようになりました。母はそのことで安心しておられると言う。私はと言うと、実際、少しきつい面もある。母は夜中、必ず1〜2回はトイレに立ちます。ベッドから起きる音で、敏感な私はうっすらと目が覚めます。半分眠りながらも耳は母の足音を追っ掛けていて、そして帰って来てベッドに就いたのが確認できると、私も安心して再度眠りに就くことになります。

最近はこの時の足音で、今日は大丈夫なのか、気を付けなければならないのかが、だいたい解るようになりました。

それからしばらく経った夜のこと、トイレからなかなか帰って来ない。20分くらい過ぎて様子を覗いてみると、洗面所の前のゴミ入れに、お尻がすっぽりと入ったままの腰掛け状態で眠っているではないか。起こし担いで、
私「ここで寝たらいけんで、ベッドへ行くで」

母「なんでこんなとこにおるんやろ?」それは私が訊きたいことです。

翌朝、それは嘘だと言う。そんなところに寝た覚えは全くないと。

しばらくして同じようなことがもう一度ありました。今度は居間で寝ていました。ベッ

ドに帰る途中、急に眠くなったのか面倒臭くなったのでしょうか。真冬とか、家の外ではないので大したことには至っていないのがもっけの幸いです。

◇◇◇

普段、私や妹は母を「母ちゃん」と呼んでいますが、妹の友達が「ノブちゃん」と親しみを込めて呼んでくれるので、私達も直接呼び掛ける時以外は「ノブちゃん」と呼ぶようになりました。

平成26年　満96歳

96歳ともなれば当然、ノブちゃんのお友達もだんだんと少なくなっていきます。毎月1回、女学校仲間5人が寄り集まってお食事会をしていました。「丸水」にアッシー君よろしく近くの3人を連れて何回か行きましたが、皆さん体調もだんだんと崩されてきて、自然消滅の形でその会もなくなりました。

なかでも特に仲良くさせてもらっていたOさん、実に母より二つ上の98歳。お洒落で、いつも綺麗にお化粧をして、背筋まっすぐの素敵なご夫人でした。Oさんは信心深い方で、毎月第一日曜日には必ず四国42番札所の佛木寺へお参りに行かれます。母もよくご一緒させてもらって、私はお抱えの運転手役です。ゆっくり走っても30分足らずのところですが、私がこちらに帰るまではバスで行っていたとのことで驚きです。

平均年齢97歳の二人が、杖も持たないで山門の石段を上って行きます。私は少し離れて心配そうに後をついて行きます。そんなある時、お遍路さんの団体さんが下りて来て優しく声をかけてくれました。

「まあ、おげんきで。おいくつですか？」

「98歳です」「私は96歳なんですよ」70歳前後だと思われる遍路装束の4～5人のご夫人達が一斉に驚きの声を上げ、

「エエッ、おげんきですね」

「こちらのほうがご利益がありますよ」と言って、みんなが二人の手を握りに来るのです。ちょっとしたスターさんみたいです。

このお参りもそれから1年ぐらい続いたでしょうか、段々と遠ざかることになります。そしてOさん、101歳で静かに眠りにつかれました。母もしばらくは気落ちしてしまって、なかなかすぐには元気を取り戻せない状態でした。

私の定年で、ヘルパーさんのサービスが受けられない

平成27年3月、ホーム館長定年退職となる。

同居している家族が働きに出ていないとの理由で、ヘルパーさんのサービスが受けられなくなった。近年、医療費の増大でお国の事情も厳しくなっており、介護にかかる費用なども見直され、介護認定も厳しくなってきた。一時「要介護1」だったのが「要支援2」となった。97歳と言えども、風呂トイレ、何とか自分のことができる母には当然の認定かもしれない。退職したことで時間もでき、家事も随分と楽になってきたが、今度は自分の生き甲斐がなくなってきた。一昨年から始めた早朝の城山散歩と週2〜3回の居合の稽古くらいだ。

丁度その頃、東京の兄が店を手伝ってくれないかと言ってきた。兄の経営している化粧品会社のカレンダーやら葉書、ポスターの制作である。印刷会社に40年近く籍を置いていたので、印刷に関しては或る意味プロの自覚がある。但し、制作に関しては全くの素人で

ある。そこからイラストレーターの研修で東京へ5日ほど行くこととなる。パソコンに関してはある程度自信はあるが、マックでしかも制作ソフトのイラストレーターは初めての経験。1日2時間、計10時間（楽しい雑談が多くて実際はその半分くらい）習っただけで宇和島へ帰り、6月から本格的に仕事に取りかかることになります。

制作時間は1日4時間、10日ほどマックと格闘すれば良いだけです。制作データは全てメールで送ります。なんと便利な世の中になったものです。最初はハートひとつ描くにも解らないことだらけで、ネットで調べながらの悪戦苦闘。それでも一から物を創作していく楽しさ、有り余った時間の有意義な使い方。私の日常が充実したものになっていきます。会社の方は伸び悩みなので、報酬の方も税金がかからないくらいの小遣い程度。私はボランティアで良いと言ったぐらい。だからと言って手抜きはしておりません。自分のプライドにかかってきますから。

料理やや上手の調理人、器用な大工さんに新米の庭師さん。通院時の運転手、週3回以上はお抱えのマッサージ師、兎に角便利屋の私が常に家にいるようになったので、母はより一層安楽になっていきます。そのせいかお腹の方もだんだんと出てきて、体重も2〜3キロは増えたような気がします。これは抱え起こすのに大変だなと密かに思っています。

もうこの年になったら食べたい物は自由に食べさせ、天気のいい日くらいは外に出て、散歩でもしてもらうのが一番良いと思っています。幸い歩くことは嫌いではないのですが、「年寄り臭い」と言ってまだ杖には頼ろうとしません。臭さも通り越した老人を自覚してもらって、我々でも少し難儀な近くの坂道だけでも「杖を使うようにしたら」と助言しますが、「まだまだ大丈夫」の一点張り。炊事に関しても「なんか作ろうか？」「後片付けは私がするから」と、しんどくて横になっていても言います。全く取り上げてしまおうなどとは思っていませんが、あとあと身体に響いてくるのが解っているだけに難しい所なんです。洗濯だけは頑として自分でやっています。「洗濯機がやってくれるのだから楽なことよ」と、いつも言います。竿の上げ下げなどは大変なので、干す作業は時折手伝ってやります。この頑固さが続いている間は大丈夫でしょう。

半年ほど前から、妹の恵子も兄を手伝うようになります。化粧品通販コールセンターのオペレーターです。前の応接室を事務室にして、水・日は定休日で、週5日は隣の鬼北町から通ってきます。となれば、昼夜の食事が3人分必要となり、惣菜も割ときちんとした物を作らなければなりません。所詮男の料理ですから、レパートリーはすぐに種が尽きてしまいます。悪戦苦闘はここでも続いていくのです。でも妹が来てくれるお陰で、私も母にとっても大助かりです。掃除はしてくれますし、女でないと気が付かないことも多いからです。

「えっ、嫁さんは？」ってですか。実家の母の面倒を見たり、畑仕事が忙しかったりです。畑というのは厄介で手間のかかるもの。放っておくとすぐに草が生えてしまう。実母が不自由な身体で畑に出て来るものだから、黙って見ておくわけにもいかない。当然、妻の手が主力になっていきます。月に1回くらいは顔を出してくれますが、同じ市内でも端と端。車で10分少しかかります。彼女の愛車は専ら自転車。小さな町なので自転車で十分ですが、私の家は気軽に来れる距離ではありません。おまけに妻はペーパードライバー。今更運転しろとは言えませんし。私のほうは週1回は顔を出して、やはり男でなくてはできない仕事もありますので、あちらでは良いお婿さんで通っているはずです。私の母に対しては少し申し訳ないと思うこともありますが、顔をつき合わせていない分だけ喧嘩もしなくて済む。飲みに出かけても愚痴を言われない。いいこともあるのです。まだ当分この状態は続いていくでしょう。

平成28年　満98歳

98歳になった頃からやはり体力、知力の衰えは隠せなくなってきました。

特に物忘れ。不思議に昔のことや、親しい友人・親戚の電話番号などは覚えているようなのですが、昨日のこと、つい先ほど自分が言ったこと、それらのことはすっかり頭から飛んでしまっています。

「お金を出してきてや」と頼まれても、自分で管理しているキャッシュカードが、何処に仕舞ったのかが分からなくて、常に私や妹で探しまくる。保管場所は決めてあるのですが、その時の気分で多分、身近な所に仕舞ってしまうようなのです。私が管理してあげようと言っても、まだ自分で大丈夫だと言う。「人に渡すと好きな時に出し入れできないから」と。親としてのプライドなのでしょうが、引き出しに行くのはいつも私の役目なのですけれどもね。ある時なんかは、お金を引き出しに行っても残高が0の時もあったりして。母の年金なんか知れたもんなんです。それでも一時働きに出ていたものですから「あの時働いていてホントに良かった」と、感慨深げに言います。その当時は大変苦労したようですが、私にはあまり語ったことはありません。

99歳、少しずつボケ始めたか?!

平成29年1月12日

今日がノブちゃんの誕生日。満99歳になりました。

✧普段から携帯を使っている母が、

母「電話が通じないのやけど、どこを押したらいいの？」

私「それ、テレビのリモコンよ。電話はピンク色のほうやろ」

母「そうやったかなあ……」

※携帯は80歳台後半から利用している。主に病院や接骨院で、治療が終わった時に電話をするためです。勿論、電話をかける事と聞く事しかできない。それも押し間違いは常で、3回に1回は間違っている。発信履歴には一桁の数字が何回も並んでいたり（登録番号だけを押している）、やたらと桁の多い数字が並んでいたりします。

✧冬のある日、セーターを引っ張りだして来て、
母「このセーター、毛がいっぱいついている」
私「古いのやろ?」
母「新しいでェ、まだそんなに着てないし。……と言うても、もう20年くらいにはなるかなあ。これくれた人も、もう亡くなっているしなあ」
私「99年も生きていたら亡くなっている人のほうが多いよ」

平成29年2月13日　午後3時頃
母「今日はお昼食べたかなぁ?」
私「食べたやないかな」
母「ああ、そうやったなあ」(本当にそう思っているのだろうかは疑問)
私「食べさしてもらってないなんて、言わんといてや」
こんなこと、以前は言わなかった。やはり少しボケ症状がでてきたのだろうか。

平成29年2月14日

✧編み物の得意なノブちゃん。

何十年物のセーターの丈が短くなったので、首回りに8センチ、両手首は10センチほど、毛糸を編み足して長くしている時の事、

私「写真を撮ってあげる」……

シャッターを押してしばらくして、

母「さっきは入れ歯を入れてなかったわ」

と言ったので、

私「じゃ、もう一度撮るかなぁ」

と、再撮影しました。

やはり年をとっても綺麗に写りたいという女心です。

平成29年2月22日

✧朝、母がビニール袋に入ったままのパンをトース

ターで焼いた。

母「ビニールが溶けてパンについていけんわい。前は溶けんかったのに」

前は溶けなかったというので、電子レンジとトースターとの勘違いかと思ったが、前はアルミホイルで包んで焼いていた事との勘違いだったようだ。

平成29年2月23日
✧全自動洗濯機で仕上がった洗濯物を恵子（長女）が干した。それに気がついた。

母「まだ、石鹸を入れてなかったのに……」洗剤を入れる事を忘れていたのだ。

洗剤を入れていない事を覚えているのが不思議である。

母は洗濯物を干す時には必ず、洗濯物をビニールシートに綺麗に重ねて、上からパンパンと叩いてから干します。そうすると、アイロンをかけなくても綺麗に仕上がるのです。しかしタオルまで叩くものだから、家のタオルはごわごわの硬いタオルになってしまいます。

平成29年2月25日
✧テレビでクロスカントリー競技が映った時、

母「クロスカントリーというたらナニ?」
私「トラックじゃなくて山道や丘みたいなところを走る競技よ」
母「バイクかなんかで走るやつネ」……トラックと言ったのが不味かったか。

平成29年3月1日

✧プリンの空き容器の中にプラスチック製の模造の松の枝が入れてあるので、
私「これなにしてるの?」
母「水につけといたら元気になると思うて」
私「これ、プラスチックやで」
母「根っ子は出んやろけど、元気にはなるやろ」
私「プラスチックの造りモンなんデ」……少しの空白の後、笑いがあって、
母「ああ、造りモンかいな。そんならダメやなぁ」……当然です。
そういえば、枯れかけの花を水につけて元気にさせていたなあ。

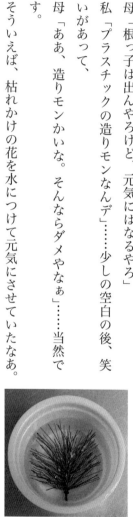

ノブちゃん、テレビ出演す！

✧お隣の愛南町で『出張！　なんでも鑑定団　ｉｎ愛南』の公開録画の参加募集がありました。うちにはお祖父さんが残してくれた掛け軸や屏風があります。

以前から真贋の程が知りたいと思っていましたが、普通に応募したのでは取り上げてはくれまい。99歳の母の名で応募すれば必ず引っかかってくれるのではと一計を案じ、早速、母の名で〈富岡鉄斎の掛け軸〉と〈狩野元信の六曲一双の屏風〉の写真を撮って応募。何日か経って、テレビ局からの電話があり、家のほうに取材に来るという。思惑通りである。ここで問題。母には何も話していなかったのです。なんとか誤魔化してテレビ局の女性ディレクターに会わすことに成功。ディレクターの質問事項を想定して母に教え込むこともしました。色々取材の中で、母は身体が柔らかく、床に両手が着くことを募集原稿の中に書き入れていたので、ディレクターの前で実践することになったり、何とかクリアしました。

100件ほどの募集があり、そのうち10件を選び取材、そこから6件が出場という難関ですが、手応え通り参加決定となりました。これを聞いて母、人前に出るのはどうも恥ずかしい。すぐには承諾しなかった。しかし、99歳、恥じるところなし、冥土の土産になるとか何とか宥め賺してやっと出る決心をしてもらった。

平成29年4月8日、偶然にも私の誕生日である。

収録当日。雨模様の曇り。朝早く起きた母は早速着物を着だした。私の勧める服よりもこっちのほうがいいと言って、紺色の服を選んだ。妹が少し手助けをしたが、殆ど独りで着付けた。前日、パーマをかけると言って美容院まで連れて行ったが、1時間ほどで帰って来た。普段は2時間は掛かるのに。パーマをかけてと言わなかったものだから、カットだけしてもらったようである。テレビ出演が恥ずかしくて口にしなかったのかもしれない。

会場に入ってからは、ものすごく緊張していた。私たちの声も殆ど聞こえていなかったようである。いよいよ客席から登壇。こちらはハラハラもの。階段を上って舞台に立つとまず鑑定の先生方に一礼。驚くほど堂々たるものである。それから20分の収録が始まる。

初めこそ少し声が裏返っていたが、私の想定問題で練習した以上の立派な応対振り。これには兜を脱ぎました。舞台から下りる時も先生方に向かって一礼。この落ち着き、どこから来るのだろう。掛け軸はぼろぼろにけなされたが「本人評価額50万円（私は１００万円と指示していたが、本人遠慮したか）」が「３万円」に留まったのも、彼女の発する気品に押されてのことではないだろうか。批評から考えれば3千円が妥当だと思った。後で聞くところによると、自分は何を話したのか一切覚えていないらしい。やはり相当に上がっていたのだろう。

後日、かなり遅れて放映されたが、その時には嫌がっていたことはすっかり忘れ、「この年でテレビに出られた」と言って、たいそう喜んでくれた。しかも「私がお辞儀をしたところが映ってない」と苦情を言うくらい。20分が3分に編集されるのだから仕方あるまいと言ってなだめたり、対応の立派さを褒めてはぐらかしたりしました。

この番組を見た友人知人からも沢山の賛辞の言葉を頂き、だまし討ち的なこともあったが良い思い出となり、結構良いことをしたと思っている。

▶出品した富岡鉄斎の掛け軸

▶自分で着付けた出演時の着物姿

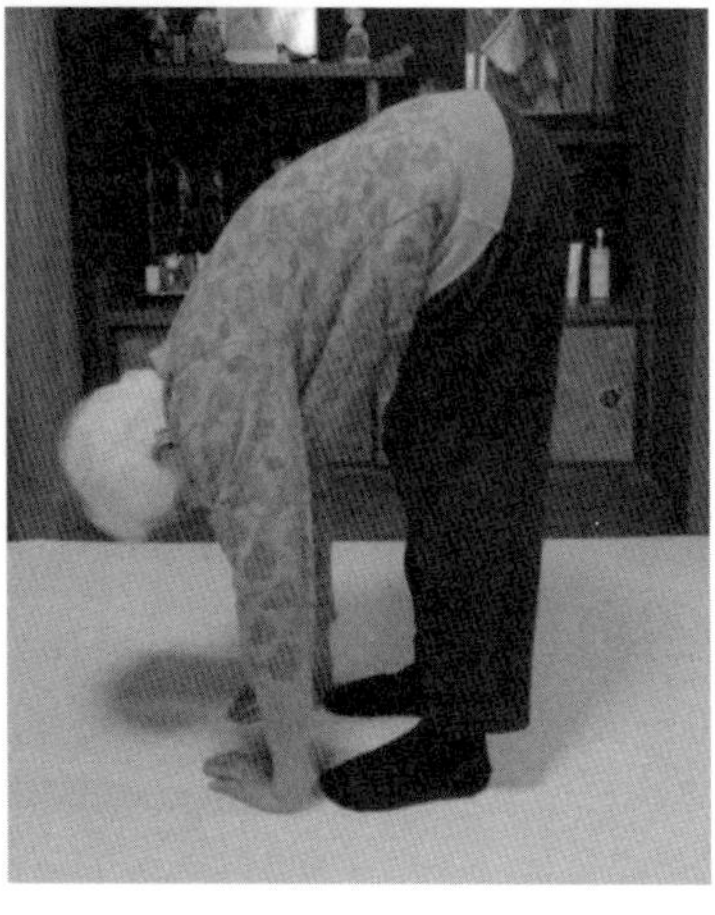

▶出演時には着物姿で体の柔らかさを披露しました

平成29年6月頃

✧テレビでピンクレディーの歌をアイドルが歌っていた時、

母「どちらか一人が死んだよねえ」

私「まだ二人とも死んでないよ」

母「新聞に載っていたよ」

私「それはザ・ピーナッツ」

※平成28年5月にザ・ピーナッツの妹伊藤ユミさん逝去。享年75歳。姉のエミさんは4年前に亡くなっている。

母の毎日の楽しみのひとつは新聞を読む事。眼鏡をかけて端から端まで、2時間以上になる事もあり、午後11時過ぎても「今日は新聞読んでないから」、といって読み始める。特に雑誌広告欄は好きなようで、「図書館から借りてきてや」と頼まれることもある。気に入った記事はすぐに切り取ってしまう。特に病気に関する記事は要注意で、私がまだ読んでいない時は困りものです。

平成29年8月23日

✧携帯電話が鳴っていて出るのが遅れた母、テレビのリモコンとLED電灯のリモコンを両手に下げて来て、

母「どっちが鳴っていたんやろ？」

私「どっちも鳴りません！」

※この手の間違いはこれからもずーっと続きます。

平成29年9月7日

母「この鏡映らんけどどうしてやろ？」

私「それ、虫眼鏡やで」

母「どうりで顔が映らんと思うた」

手鏡宜しく、虫眼鏡とにらめっこして、顔の前で左右に振っていた訳が理解できた。

平成29年9月9日

✧テレビのハワイ旅行番組で、タレントが山を歩いているところを見て、

母「ハワイいうたら海ばっかりやと思っとったら、こんなところもあるんやなあ」
※大きな島であるということを、理解していなかったようだ。砂浜と海しかないところって……。

平成29年9月13日

✧頭を冷やす〈冷えピタ〉を私のところへ持って来て、
母「肩が痛いけん、これ貼ってやんさいや」
私「これ、頭に貼るもんよ」
母「肩でも効くやろう」
私「湿布薬はこっち」と言って差し出すと、
母「じゃあ、そっちを貼ってや」
病院に行くと必ず湿布薬を貰って来るので、かなりの数があります。

平成29年9月15日

✧これより数カ月前、南予地方局のほうから電話がかかって来た。来年１００歳になるので、国のほうから表彰されるとのこと。「つきましては県知事がお伺いしても宜しいでしょうか？」との問い合わせ。「家の中が汚いので玄関で受け取れるなら問題ないですよ」それでもいいというので承知した。しばらく経って又電話が入り、「やはり玄関ではまずいので部屋のほうでお願いできませんか」とのこと。ま、むこうも宮勤めのことだから意地を張ることもあるまい。

数日後、母の同級生のIさんから電話が入りました。母では話が通じていないので私と代わると、やはり同様に地方局からの電話をもらったが、「私はこんなこと嫌なのでどうしたらいいでしょう」とのこと。無理して承諾する必要はないのではっきりと断られたらいいですよと言ってあげた。

そして当日。知事さんは来られなかったが、地方局のお偉いさんお二人、市の担当の方が来られた。内閣総理大臣の表彰状、銀杯、市からは金一封。金一封は有り難いが、銀杯はどうにもならない。というよりまだ「銀杯」の風習が残っていることに驚きである。調べてみると、費用削減のために純銀からメッキに変えて3分の1ほどの予算削減になったようだが、そもそも廃止になったとばかり思っていた。製造業者さんを慮って残されたのでしょうか。

全国で3200人余りの人が100歳を迎えられるらしい。1個5千円（推定）としても1600万円が税金から支出される。それで喜んでおられるご老人がいったい何人おられるだろう。同じくなら現金で頂いたほうがなんぼかためになるとは、貧乏人の考え方でしょうか。

平成29年9月21日

✧朝、吉田のお墓参り。階段を上り小高いところにあるのですが、途中1回、少し休んだだけでたどり着きました。去年までは休むことなく上れたのですが。更に高い叔父さんのお墓は、上らずに下から手を合わせて済ませました。

「ああ、お陰でほっとした。有り難う」と、墓参りの後には必ず出てくる言葉です。

家に着いてから、昼食後のデザートに冷えたスイカを切って出すと、

母「このカボチャ、美味しいなあ。甘くて」

私「それ、スイカですよ」

母、大笑い！

　※母は果物ではスイカが一番の好物。スイカが出てくる度にいつもメロンよりいいと言う。メロンは高いので、本当に美味しいメロンを食べたことがないのかもしれない。いや、あったはずですから、やはり本音でしょう。

平成29年9月29日

✧この秋一番涼しい朝で、母はカーディガンを羽織っていました。少し涼しいかなとは思

いましたが、賞味期限が1日過ぎてしまった冷麺を昼食としました。
私「昼は冷麺にするよ」
母「温まっていいわ」
私「冷麺やから冷たいんで」
母「温めたのかと思った」
私「温めたら冷麺とは言いませんよ……」
因みに、昼夕の食事は殆ど私が作っています。母は料理が得意で、味付けは天下一品。私の口にはどこの料亭より旨いと思っています。その味付けに近づけるべく日々努力をしていますがまだまだです。

これをやってきて感じたことは、主婦って大変だということです。特に毎日の献立を考えるのは苦痛の種。世のご主人方は奥様にもっと感謝するべきです。

平成29年10月3日

✧東京にいる長男がやっと休みが取れて、久し振りの帰省。昔からの友人Mさんも一緒です。この方はうちの家族全員からも愛されていて、話すことが洒脱で非常に面白い方です。

この機会に母の「百寿の祝い」(満99歳)を「ほづみ亭」で行うことを計画していました。会場は二階の間しか空いていなかったのですが、本人1人ですたこらさっさと歩いて行きます。帰りも同様でした。こんな時にはなぜか張り切るノブちゃんです。

家族・親族・友人合わせて総勢12人。百寿にしては少なめの人数です。東京勢は距離的、家庭的事情で来られなかったり、私には子供がいないため、これでも母に取っては豪勢で嬉しいお祝いの会となりました。

母もお酒のほうは少しはいけます。それより驚きは、ビール瓶を持ってみんなにお酌をして回るのです。私と妹は顔を見合わせ、「これはきっと明日こたえるで」と思っていました。プレゼントも沢山頂き、

「こんなことしてもらえる人は、そんなにおらんやろなあ」(そんなことはないでしょうが……)

「私はしあわせもんやなぁ」

と、満面の笑みを浮かべて何度も言うのです。

そして翌日、やはり昨日の頑張りが身体に堪えたのでしょう。夕方までベッドで横に

なっていました。

平成29年10月9日

✧パソコンで仕事をしている私の所に来て、

母「テレビが消えんのやけど」

……と、レコーダーのリモコンを持って来た。

私「白いほうのやつよ」

というと、今度はLED電灯のリモコンを持って来た。

私「これじゃなくてもう少し長いやつ」

……と居間へ戻り、

母「あった。これかな。消えたよ！」

※確かにテレビとレコーダーのリモコンは、私でも間違うことがありますが、あれだけ毎日見て使っているものが解らなくなってくるなんて。しかも電灯のものとはサイズも見た目も全く違っているのに。

▶確かに間違いやすくはありますがね。

今の母の楽しみはテレビを見ること。一時は韓流ドラマにはまって、あの長いドラマを真剣に見続けていたものです。『冬のソナタ』が流行った頃だからもう15年くらいは前になるでしょうか。その頃はとにかく「ヨン様、ヨン様」で、部屋にはポスターが貼ってあり、マグカップはヨン様写真付きのもの。繰り返しビデオで見るために、機械の操作まで覚えてしまいました。母の元気の源でもあり、生きる張り合いでもあったでしょう。遠くにいる私は、彼にこそ国民栄誉賞的なものを与えてもいいと思ったくらい、感謝していま す。

最近でもNHKBSや、総合日曜日午後11時からの韓流ドラマを見ています。私のほうが早く寝てしまいます。朝6時には起きますので、付き合っていられないのです。妹と私は不良老人と呼んでいます。

耳も随分遠くなってきたので、一緒にいる時はイヤホンで聴いてもらっています。夜帰って来た時など玄関の外まで音が聞こえてきます。音量が80〜90というのも普通です。

私は普段、20前後、夜などは15〜16くらいで聞いていますので、その音量は想像できると思います。イヤホンは片耳だけですのでやはり聞き取りにくい時もあるようで、その時はこっそり自分で音量を上げたりしています。

平成29年10月13日

✧私がトイレで座っていると、突然電灯が消えた。母がドアを開けて、
「あっ、入っているの。ゴメン。電気が消えていたからいないと思ったの」
……消したのはあなたです。

平成29年12月8日

✧日本が長距離巡航ミサイルを導入するというニュースを聞いて、
母「あれは人が乗って敵に突っ込むんじゃないの？」
確かに形としては似てるかもしれないが、
私「今はもう人間魚雷みたいなものはないの！」
母「ああ、そうかな」
こんな恐ろしい話、戦争体験してきた人しか出てこないだろう。

平成30年1月4日

✧テレビに鯨が映っていた。「ざとうくじらです」の解説、

母「サトウ鯨というのは佐藤さんという人が見つけたんやろうか？」
私「佐藤じゃなくてザトウです」
さすがにザトウ市が見つけたとは言わなかった。

平成30年1月12日
✧今日が100歳の誕生日です。内々でささやかなお祝いをする。百寿の祝いは2年前に済ませてあります。

近くにいる叔母がお祝いに来てくれた。この人は母よりも耳が遠く、足が悪いので歩くこともあまりままならない。

叔母「今はもう（朝）9時まで寝とるよ」

母「ええわい、足の運動になって」

私「？？？……」

解った！　9時とフジ（近くにあるスーパー）を聞き間違えたのだ。そのフジまで歩くと聞こえたのでしょう。確かにフジまで歩くとかなりの運動にはなります。老人の足であれば20分はかかると思います。

叔母「10年はすぐやけんなあ」……90歳も超えると真実味が伝わってくる。
母「ホント、早いなあ。80いうたらこないだみたい」
耳の遠い者同士の二人の会話は、大きな声を張り上げて、お互いが聞き違えて噛み合わないところが多く、傍で聞いている私達とは異次元の世界が展開される。続いて、テレビに高梨沙羅の映像が映った。
母「あれなんと読むの」
私「たかなしさら」
叔母「義姉さんはよう知っとるなあ。私ら全然わからんかいな」
母「たかなしさり」……
私「さりじゃなくて、サラ」
母「ああ、タカナシ　アリ」……
私「アリじゃなくて、サラ」
母「カリ！」……
私「サラ！」
母「ハリ」……私ゆっくりと「サァラ」。みんなでハハハと笑い合い、母「さぁーら」……

私「そうそう、そんなとこでええわい」

叔母は母よりも10歳くらい若いはずです。今も独り暮らしで、時折娘さんが覗いてくれているようです。近くに住んでいるので、新しい魚や天婦羅を揚げた時には持って行ってあげることもあります。その時は必ず、

「義姉さんは偉いなあ。私はいけんで」と弱気なことを言うので、

「まだまだ、母ちゃん（の年）までは頑張らな。まだまだ若いんやけん」

「義姉さんはいちばんええわい。あんたらが一緒にいてくれるけん。育て方が良かったんやなあ」

「たまたま運がよかっただけよ」そう返すのが精一杯。

「おばちゃんが元気でいてくれな、うちの母ちゃんも頼りにしているんやから」

いつも同じ会話になるのです。

平成30年1月14日

✧朝、レンジがチンとなる音。焦げた匂いが漂ってきたので炊事場を覗いてみると、煙がモウモウとしている。ノブちゃん、コゲコゲの食パンを手に持って、

母「ちょっと焼き過ぎた」

私「何分したの？」

母「4分」……多分40秒の間違いだと思うが。

私「これはチンするんじゃのうて、あっちのオーブンで焼くんで」

母「ああ、間違うた」……いつもはちゃんと焼いていたのに。

後の言い草がいい。

母「わたし、焦げたのが好きやから」といって、焦げを包丁でけずっている。

私「でもそれ、焦げ過ぎやないかな」

痩せ我慢というか負けず嫌いというか。

平成30年1月15日

✧トランプ大統領の食事場面をテレビで見ていて、

母「アメリカでも梅干し漬けるんやろうか」私は見ていなかったので、
私「梅かなんかの果物をシロップにつけたようなもんやないやろか」
母「そうよなあ、アメリカ人はご飯を食べんもんなあ」
……そんなことはないと思うが、確かに梅干しは苦手だろう。

平成30年1月22日
✧孫の久美子が来て、二人が写っている写真を見ていたとき、
母「この写真あげるから持って帰んさい」
孫「いいよ、今はみんな携帯に入れるんよ」
母「そうよなあ、この写真は大きいから携帯には入らんもんなア」
データではなく、写真そのものを携帯に入れると思い込んでいる。

平成30年1月28日
✧大相撲で栃ノ心が優勝したとき、
母「ジョージアってどこにあるの？」

私「前はグルジアといっていて、ソ連の一部やって、黒海の近くと言うても解らんやろなあ、ヨーロッパのギリシャの上のほうよ」
母「ああそうかな」と、頷いているが、理解はしていないと思う。
※知らない言葉、特にカタカナ言葉の質問が多い。外国の名前と位置、地名などは時折私が中学校時代に使っていた地図を持ち出して調べたりしている。相当に古いものなので、国名も随分変わっているのですが……。人生相談に載っていたジェネレーションギャップ、テレビから聞こえてきたドローンとか、とにかく勉強意欲は旺盛です。

　そしてメモ魔。医療に関する知識、世界の珍しい出来事、動物達の不思議な生

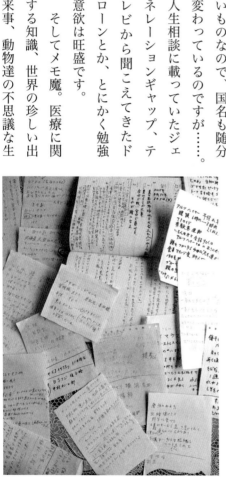

態、ちょっと気になるとメモをする。そしてしばらくするとメモしたことも忘れている。

平成30年1月29日

✧お隣のご主人が急逝されました。

朝11時、お葬式に出席。家に帰ってからさすがに疲れた様子。横になって3時間ほど経って、ムクッと起きるなり、

母「お葬式、何時からやったかなあ？　行かないけんけん」

私「朝に行ってきたやないの」

母「そうやったかなあ」

私「行ったよ」

母「そうよ、行ったよネエ」

優しいご主人でしたので、母にもショックのようでした。お隣の奥さんは母によく気を使ってくれて優しくして頂いています。

ちょっと顔を見ない時にはお菓子などを持って来てくれて、話し相手になってくれます。

私がこちらにいない時は随分心丈夫で、今もなお大変お世話になっていて、大感謝です。

平成30年2月21日
✧テレビでゆで卵と温泉卵の違いを放映していたとき、母はみかんを剥いていた。
そして私に、
母「はい、タマゴ」といって、渡してくれる。
私「それみかんやで」
母「テレビみとったから……」

平成30年2月22日
✧ピョンチャンオリンピックで羽生（ハニュウ）選手が男子フィギュアで金メダル獲得。

同じ頃、将棋の羽生（ハブ）永世7冠が国民栄誉賞受賞。母はファンでありながら羽生選手のことをどうしても「ハブ」と呼んでしまう。

母「ハブさん、金メダルよかったね。おめでとう」

私「ハニューよ」

母「ああ、ハニューよ」……

でも次の日はまた、「ハブさん」と呼んでいます。

平成30年2月24日

✧先日から始まったピョンチャンオリンピックのカーリング競技を見ていて、母はどうしてもルールが理解できない。それよりも「ボーリング」と言ってしまう。

年寄りには馴染みのない競技ですもんね。

10時40分、対戦相手のイギリスの最後の一投で逆転されるかもしれないという緊迫したゲーム。失投というにはかわいそうだが、ストーンが中心からわずかにズレて日本女子チーム銅メダル獲得。おめでとう。感激である。

このチームワークは素晴らしい。オリンピックというより女子学生のクラブ活動の延長のように見えてしまう。訛りのあるかけ声もいいが、絶えることのない笑顔がまた魅力的である。この間に、「マススタート」で高木菜那チームの金メダル獲得の速報が流れた。今回の冬季オリンピックは、メダル獲得が相次いでいて嬉しくなってくる。

平成30年3月11日

✧母「今日は土曜かな、……金曜日？　ウン木曜日？」

私「日曜び！」

……それから曜日や日付を訊く時は、コタツの上にある新聞の日付を見て訊いている。ただ、昨日の新聞が置いてあったりして、それを基準に考えるので、やはり日付が前後している場合が多い。

昨日にチェックを入れたラテ欄とテレビを見合わせて、

母「あれ、この番組変わったのかしら？」

私「それ、昨日の新聞よ」

……という場合も多いのです。

平成30年4月5日

✧ここのところ寒さがぶり返してきた。電気コタツの中に電気あんかが入っていた。

私「あんかが入っているけど？」

母「足が寒かったけん入れたんよ」

……コタツで寒かったらどうしようもないか。
我が家でコタツの布団がなくなるのは5月も終わりの頃になる。

平成30年4月11日

✧ノブちゃん、100歳を記念して孫と一緒に写真を撮ろうということになった。

カメラマンは恵子の友達の弟さんで水野謙治さん。国際的な賞を取られた有名な方らしい。後に宇和島大賞かなにかも受賞されていた。

ノブちゃん、前日からパーマ屋さんに行って張り切っている。孫の久美子は美容院で着付けをしてもらって来たが、ノブちゃんは恵子に手伝ってもらいながらも殆ど1人で着物を着た。去年のテレビ出演以来のお化粧もしてもらった。口紅もファンデーションも自分では持っていないので、恵子のものを借りていた。

母、この年にしては綺麗な肌をしている。シミも沢山あったけど、長男の会社のハーブ化粧品（現・ハーブ自然美容）を長く使っているせいか、シミも薄くなったと喜んでいた。「実際の年よりは10歳若く見えるよ」と言ってやると、ノブちゃんの顔もほころんで「そやろか」と、まんざらでもない様子です。

１００歳のばあさんでも着物を着るとしゃんとするらしく、なかなか堂々たるモデル振りです。天気も良かったので、楽しく思い出に残る撮影会となりました。

平成30年6月4日

✧昼間は27度まで気温が上がった。

午後8時前、仕事部屋から居間に入って来ると電気コタツにスイッチが入っている。と

ころが、母は団扇で顔をあおいでいる。

私「コタツ、電気入っているよ」

母「さっき冷やかったから」

私「でも、団扇使っているよ」

母「今、暑くなってきたので電気切るわ」

……うちでコタツ布団が片付けられるのはいつになるだろう。

平成30年6月12日

✧昼食のとき、トウモロコシをチンして出してやると、

母「今日は前よりも食べ難いと思ったら、入れ歯が入ってなかったわ」

……歯を入れて、

母「このほうが食べやすいわ」——当たり前です。

平成30年6月28日

✧私が台所で食事の支度をしているとき、

母「何か手伝おうか？」

私「いいから座っといてや、からだ大丈夫なん？」

母「しんどいんよ」、しんどかっても手伝おうとする母です。

「しんどい」とか「だらしい」「たいぎな」とかいうのは宇和島地方の方言で、身体が非常に疲れている状態を言います。最近はこの「しんどい」という言葉をよく口にします。体力が落ちてしまっているのでしょう。歩くことも少なくなってきています。

居間で横になっているので私が「身体大丈夫かな？」と訊くと、

母「なんともないよ。ちょっとしんどいだけ」

私「そのしんどいのがいけんのやがな」

と言って、ベッドで寝かせるのです。

平成30年7月7日

✧午後11時40分頃、母、起きて来て着替えだした。

私「何してるの？」
母「朝やろ、もう起きないけんけん（いけないから）」
私「まだ夜よ、11時40分。さっき寝たばかりやろ」と言ってきかせて、
私「もう一回寝ないけんよ」
母「そうやね。ちょっとキレイな格好センといけんなあ」……？？
私「なんで？」
母「オケに入らないけんけんなあ」……私「オケとはなに？」
母「お墓にいれるやろ」
私「棺桶のこと？」……母「そう！」
私「それ、夢見たんよ」
母「夢やったんやろか」
私「夢よッ、はよもう一回寝さいや」と、
手を引いてベッドまで連れて行きました。

母のもう一つの趣味は歌舞伎。特に玉三郎は大のファンである。八十代の頃、博多まで

玉三郎の踊りを観に行っている。好きなことには気も身体も自然と元気になり、海をわたることなど苦にもならなかったのだろう。

母の父は宮大工の棟梁で、それは母をよく可愛がったらしい。須賀川にまだうなぎが取れていた頃、病弱だった母のために、毎日のように食べさせていたと聞いた。宇和島に芝居小屋融通座があった頃、歌舞伎や長谷川一夫などが来たときはいつも観に行っていたようだ。扇雀の足袋を履く姿が美しかったなどと言って、未だにそれらの艶姿を嬉しそうに語るほどだ。

母の実家は小間物屋を営んでいて、若き頃のノブちゃんは看板娘だったと聞いている。踊りも好きで習っていたようだ。昔の宇和島には花街もあり、芸妓さんも沢山いて、お店は賑わっていたそうな。化粧品などを届ける手伝いもしていたという。特に夏の和霊祭りの日は夜中まで人足が絶えなかったそうだ。

テレビでも玉三郎が出ているものは必ずチェックを入れ、そして見た後は決まって「こんなの見ようと思ったら(お金が)相当するのに、テレビで見られるのはええなあ」と、十分に満足している。生の舞台を見せてやりたいが、もう体力的に無理であろう。兄や妹がプレゼントしたDVDが3〜4本あるので、それで我慢してもらおう。

平成30年8月29日

✧朝、お城からの帰り道にあるパン屋さんで、評判のモッチリした塩パンを買って来た。
母、このパンに違和感を覚えている表情をしているので、
私「美味しくないかな？」
母「美味しいけど噛みにくいけん」
私「あれ、下の歯、入れてないよ」……手で口の中を探ってみて、
母「あっ、ホントヨ！」……最近ちょくちょくあるなあと、苦笑い。

平成30年8月31日

✧スポーツドリンクをコップについでおいた。
ちょっと立ったその隙に水がなくなっていた。
私「あれ、ここにあった水知らない？」
母「あれ、水が濁ってたから捨てたよ」
私「ギャフン！　あれ飲もうと思っていたのに」
片付け好きなノブちゃんである。

平成30年9月4日

母「ひろ子ちゃん（私の従姉）に電話したいんやけど、０（ゼロ）が無いんよ。どこを押すの」

とテレビのリモコンを持って来た。

私「それはテレビのリモコン。それでは掛かりません」

……この携帯に関するエピソードは以後もずっと続くのです。

平成30年9月18日

✧母が安室奈美恵引退ＳＰのテレビを見ている。

母「この娘、有名みたいやけどあまり知らんから見てみようと思って」少し見て、

母「この娘、老けて見えるなあ。これで25歳かな」……

25周年記念ライブの放送で、その25の数字を年齢だと勘違いしたのだ。

私「25というのは芸歴のことで、実際は40歳くらいよ」

母「ああ、そうかな。25にしては老けとるなあと思った」

平成30年9月21日

✧山形からシャインマスカットが一箱送られて来た。
早速、夕食後のデザートに供した。みんなで美味しいなあと言って喜んで食べた。
それから母が洗いあけした後、同じ葡萄を持って来て、
母「あんたら食べさらんか？」
私「さっき食べたとうよ。みんなで食べたやない」
母「そうやったかなあ？」
20分も経っていないのにもう忘れてしまったのか。

平成30年9月22日

✧三連休を利用して大阪から孫のゆう子が帰って来た。
その時、居間に蚊が一匹飛んで来た。
母「もう蚊が出だしたなあ」
私「いまは9月でぇ。もう最後の蚊よ」
母、笑いながら「ああ、そうよなあ。もうすぐ10月やもんなあ」

ゆう子の帰り際に、何かの可愛らしい包み紙で作った封筒にお金を入れて、
母「少しやけど飛行機代の足しにしてや。今度（宇和島に）帰ってくるのは盆かなあ？」……みんな一瞬凍り付いて、
私「今9月やけん、盆は済んだよ」
母「ああ、盆は済んだわいねえ。今度はお正月よ」
ノブちゃんは、孫達が寄ってくれるのを一番の楽しみにしているのです。

※7月には西日本豪雨に襲われ、南予では山崩れが数百カ所、宇和島市吉田町では死者13名の大災害となりました。特に被害の酷かった西予市野村町へは支援物資の運搬、吉田町白浦や奥白井谷地区へは床の下の泥かき作業などのボランティアで、汗まみれ泥まみれになりました。

ノブちゃんはリサイクル名人

裁縫や編み物は得意のほうで、昔は着物を縫ったりセーターを編んだりしていた。私もセーターやチョッキ（今はベストと言うらしい）を編んでもらった記憶がある。勿論、物が高価な時代であったためでもあります。

100歳になった今でも時折針を持って布団カバーの襟をつけたり、今では珍しい継ぎはぎをしたりする。新しい靴下がいくらでもあるのに、継ぎをしてはこうとするので、「もう止めさい」と言って、恵子が捨てたりすることもしばしばです。というのも、その後きっと肩が凝ったとか、首が痛いと言って、あんま屋さんに行ったり、夜になって、私が1時間近くもマッサージすることになるからです。

4〜5年前までは、昔の浴衣で粋なのれんを作ったり、古くなったワイシャツで洋服カバーを作ったり、コタツの汚れ防止のカバーを作ったりしていました。

アクリル毛糸で編んだ食器洗い用のたわしなどは、もう何十個と作って人にあげていました。お菓子の包装紙やカラー印刷の新聞を保管しておいて、封筒を作ったり、空き箱に貼って状差しや小物入れにしたりもしていました。前出の封筒などもその例です。だからノブちゃんには捨てるものがないのです。

▶お得意のアクリルたわし

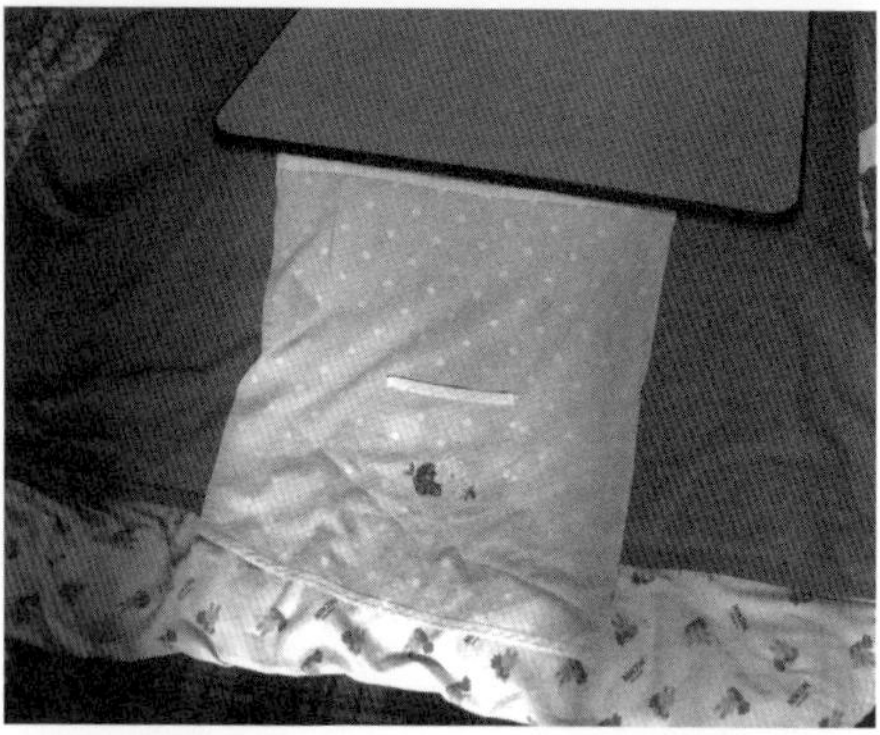

▶前掛けをコタツの汚れカバーにリサイクル

▶絶品、得意の押し寿司

そう、思い出しました。私が小さい頃の机は、みかん箱に包み紙などを貼って綺麗にしたものでした。学校で使う教科書はひとつ上の従姉のお下がりで、これにも何かの包装紙で綺麗に装丁し直してくれていました。昔はみんな貧しかったので、お下がりの教科書を使うってことは稀ではありませんでした。

もう一つの名人は料理。3年ほど前まではお彼岸になると必ずおはぎを作っていました。甘さと塩加減が絶品で、親戚などへ配っては喜ばれていました。今年の春頃のことです。いつものように病院へ連れて行って、大概は1時間ほどすると迎えに来てくれと携帯から電話が入ってくるのですが、80分過ぎても掛かってこない。おかしいなと思い病院へ行くと、「もう帰られましたよ」とのこと。エーッツ、100歳がひとりで帰る筈はないと思い、駐車場や近所の親戚に行ってみるも姿が見えない。偶然、遠くで救急車のサイレンが聞こえてきて気が気でない。焦っていると、携帯に電話が。「いまH病院の所におるから」と。慌てて行くと、「近所のあんこ屋さんにあんこを買いに行っていたから」。よほどおはぎが作りたかったのでしょう。子供達に言うと止められるので、こっそりと行ったのです。

そのあんこ、9月に入ってから煉って、しんどくなってそのまま冷蔵庫に寝かして2カ月近く経ちます。まだ使えるかしら？　もう忘れてしまっていると思います。

ばら寿司も人気がありました。当時あったガス釜で1升ほど炊いて、これまた親戚知り合いに配ります。錦糸卵は私が焼いてやります。すし酢の割合は、米1升に対して酢1合、砂糖2合、塩・味の素・だしの素適量。私も何回か挑戦しましたが、ノブちゃんの味のようにはなりません。その適量というのが良い加減というか長年の勘というか、コツをつかむのは至難の業です。

その他には、それこそ最近は作ることはありませんが、郷土料理の「さつま」、「まるずし」、「ふくめん」。正月の「黒豆」これは今でも炊いて東京の長男に送ります。「白あえ」「餃子」「カレー」煮物焼き物なんでもござれの名人級でした。

それが最近では、煮物をすると鍋が焦げ付くまで火にかけていることを忘れてしまう。寒天を作るとヤワヤワの物になってしまう。包丁で手を切る、IHの台に吹きこぼしてしまう、砂糖はこぼすわ焦げ付きはつくるわで、後始末が大変な状況となる。それでも私に調理をさすのは悪いと思って、いつも「なにかつくろうか?」と、言ってくる。いつも「いいよ、休んどってや」と言うけれども、心の中ではやらしてあげたいという気持ちもあるのです。兼ね合いが難しい。

平成30年9月29日　午前4時頃

✧母がトイレへ立つ足音。足音以外の何処かでこするような音を布団のなかで感じ取った時、ガシャーンという大きな音が。しまったと思い跳ね起きて障子戸を開けると、本箱ごと母が倒れている。トイレには短い廊下を左に行くはずなのが、右側に置いてある本棚のほうへ倒れこんでいた。方向を間違ったのか、ふらついてしまったのか。本棚の裏側は、座敷から入れるようにと簡易トイレを設置しているのですが、どうもそのトイレを使おうとしない。やはりプライドがあるのでしょう。8メートルほどの距離だが、歩くのも運動のひとつだと思って、このトイレを強要はしていない。しかし、この距離、いつも危険と隣り合わせです。以前、玄関まで転げ落ちたこともあるので、次からはできるだけ簡易トイレを使うようにとお願いした。2センチほどの切り傷で済んだのが幸いでした。

傷テープを貼ってやっていると、

「騒動掛けたなあ！」と言われた。

平成30年10月4日

✧台風25号が北上し、こちらでは降ったり止んだりの天候。そんな中、ノブちゃん頑張る。

早朝私が城山に登っている間に、居間の障子の桟を雑巾掛けしていた。昼からは、私が買い物に出かけている隙にフルーツ寒天を拵えていた。

　これも母得意の料理です。私や妹がいない時を見計らっての行動。二人がいたら「やめさい！」と言って必ず止めるからです。させてやりたいのは山々だが、この疲れが翌日に跳ね返ってくるのです。寝る前には1時間ほどマッサージをしてやったが……。そして翌日案の定、「身体がしんどい」や「だらしい」とか言って、いつものマッサージ屋さんに連れて行くことに。まあ、懲りない人です。

平成30年10月10日

✧ノブちゃんは歌番組が好きです。

橋幸夫が『江梨子』を歌っていたら、
母「この歌聞いとったら眠くなるわ……」

と言って寝だした。

私はこの歌は好きです。年取ってからの橋幸夫のほうが歌唱力もあるように思うが、母には眠いらしい。

平成30年10月11日

✧テレビを見ていたとき、
母「あれ、シズちゃんいう娘やないかな」（山崎静代さんのこと）
私「そうよ」
母「だいぶ良くなったなあ。昔はアレやったけど」
私はこのアレを聞くことができなかった。
今朝は少し涼しい。居間で横になっている母に、
私「ひよう（寒くは）はないかな？」
母「ひようはない。しんどいだけ」
と言って、そばにあった座布団を布団代わりに足の上にのせた。
私は小さな毛布を持って来てそっとかけてやった。

平成30年10月12日

✧NHKに女優の吉田羊が出ていた。
母「あれ、羊《ひつじ》と読むの？　妙な名前やなあ」

恵子「あれはヨウと読むの」
母「ひつじじゃおかしいよなあ」
また、朝ドラに松坂慶子が出ていたとき、
母「この人、太ったなあ！」（以前よりは少し痩せたように見えますけど）
昼の再放送時に、やはり「この人太ったなあ」と、同じこと言います。こちらも再放送です。いや実は、先日も先々日も同じことを言っていました。
松坂さん、ごめんなさい。
この「太ったなあ」は、ノブちゃんのひとつの古い物差しで計られていて、昔の歌手やスターがテレビに出てくる度に、感慨深く発せられる合い言葉みたいになっています。八代亜紀、石川さゆり、高橋英樹さんらも何回も言われています。

平成30年10月13日
✧Eテレ、奈良岡朋子と草月流家元の対談番組を見ている。私が風呂を出たので早く入れと言ってもテレビに夢中。
母「奈良岡朋子って、ええなあ。映画に出ても芝居に出ても」

映画はずーっと見たことがないので、テレビドラマのことだと思います。で、風呂に入るのは午後も11時過ぎになる。そして、床に就くのは12時頃。それまで私は眠れないのです。

平成30年10月22日

✧朝、私が電動歯ブラシを使っていたら、
母「それ何ぞな？」
恵子「電動歯ブラシよ」
母「歯磨き粉も自動で出て来るかな？」
恵子「歯磨き粉は出て来ん。出たらええなあ。作る人もそこまでは考えんかったんやな」

平成30年10月24日

✧ノブちゃん、風呂から出て来てホッチキスを取り出して少し考えている。
母「この爪切り、どうやって切るのやろ？」

私「それはホッチキス。書類を綴じるやつ。なんぼなんでもそれでは切れんわ」
同じ引き出しから爪切りを取り出して渡してやりました。
たまたま、同じような色をしているのです。
それにしても……です。

平成30年10月25日
✧ＮＨＫのテレビに俳優のピーターさんが出ていた。
もう60歳なんて私も驚きです。それを見ていた母が、
母「おばあさんになったなあ！」
私「この人、おとこでぇ」
母「おじいさんかぁ……おばあさん言うほうが似合うなあ」
確かに。なかなか上手いこと言うなあ！

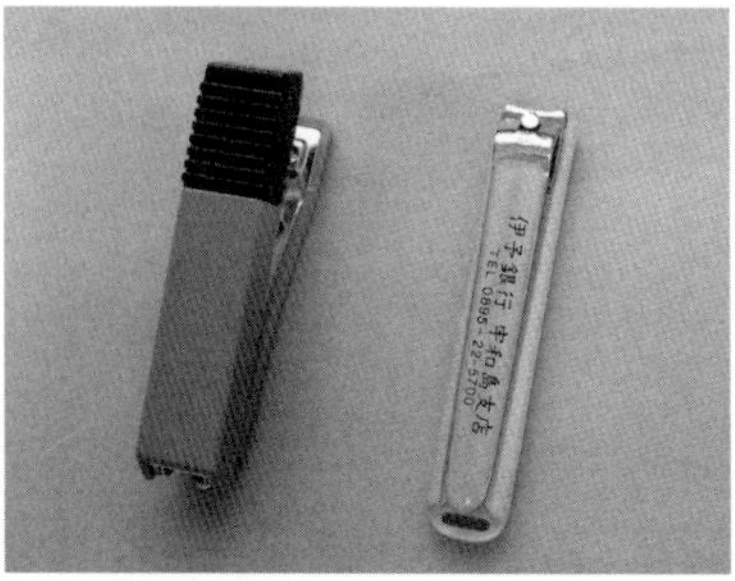

平成30年10月27日

✧毎年の恒例行事のように義母の畑の芋掘りの手伝い。前の晩、ノブちゃんがゆで卵を作ってくれた。私が風呂に入っている隙にこっそりと。見つかると私が止めるからです。それは良いのですが、ＩＨのスイッチを入れたまま忘れてしまったのです。私が風呂から出てみると、鍋のお湯が沸騰していて、お湯が2センチほどしか残っていない。当然、相当に固いゆで卵になっている。私が山へ行ったり旅行などで出る朝には、必ずゆで卵を作ってくれるノブちゃんです。

しかし、ＩＨに鍋やフライパンを掛けた時は、必ずと言っていいくらい忘れてしまい、つけっぱなしで鍋を焦がしてしまうことが常なのです。

◇◇◇

もうひとつ触れておかなければならない事がある。我が家族は全員内臓や骨が強く出来ている。これは遺伝的なものだと思われるが、ノブちゃん、足腰も強いのである。

それは私が大学に入った頃から、少しでも家計の足しにしようと保険会社の仕事に就いた事だ。生命保険の契約をとる事は難しいので、貯蓄型の保険中心に勧めていたようだ。

当時は利息が良かったのでかなり好評だったらしい。勿論、車も自転車も乗れないので、集金や外交の仕事は時にはバスも使ったらしいが、殆どが徒歩である。十数年は続けたと思う。この時の歩きが丈夫な身体を作ったとよく語っていた。

また母の就寝は夜の12時前後が多い。それも集金から帰って来てお金の計算をしていると、どうしても夜の11時を過ぎてしまうことが多く、その習慣が身に付いてしまって、今も夜の遅いのは苦にならないのだという。

父の武之がかなり難しい人だったので、なかなか大変であっただろうと思う。昔の人は皆そうであろうが、家事については一切できない人であった。その上、祖父（父の父）が病床にいて、おむつを替えに帰ったり、昼夜の食事の世話とか、かなり忙しく厳しい日々であったと思われる。仕事中時間を気にしながらの焦りと不安との毎日で、よく遣り繰りしていたと思うと、未だに母には頭が上がらない。父も母を働かせる事に対しては、後ろめたさを感じていたのだと思う。

縁というのはこのことかもしれない。その時の職場で仲良くさせてもらった同僚の娘さんが、今の私の奥さんになります。

ついでに父の事にも触れておきます。

父、武之。大正2年9月19日宇和島市の隣町、吉田町生まれ。祖父（武之の父）は南予地域で製糸工業が盛んに行われていた時代、程野製糸工場の工場長をしていたらしく、町では裕福なほうであったと聞いている。武之は、当時では珍しい学士様で、関西大学経済学部を卒業している。マルクスの『資本論』も読んだらしいが、「あんなもん何にもならん」とも言っていた。卒業後、大阪市役所に就職したが、父曰く「上にばかり気を使って、仕事をするよりおべっかばかり使う奴が出世する体質に嫌気がさした」で退職。お役所の体質は昔から変わらないのである。

それから「東洋陶器（今のＴＯＴＯ）」に入り、その頃にノブちゃんと見合い結婚をし、小倉で数年間を過ごすこととなる。父の実の姉夫婦の家に厄介になり、ノブちゃん、義姉の子供5人のお襁褓ばかり洗っていたという。宇和島に帰ってからは、小間物や化粧品を扱う母の実家の隣で瀬戸物屋を開く。それからの推移はよく分からないが、私が生まれた頃は内港の前で縄や筵、船具を扱う店を開いていた。その店も弟に譲り、電器屋へと変わっていった。当時はラジオ・テレビが大流行りの時代で、修理を主に手掛けていたように思う。全く畑違いな仕事だと思うが、電機関連の本はよく読んで勉強はしていた。それで仕事ができたのだから相当なものだ。読書家で、どちらかと言うと学者肌で寡黙な人であった。怒られたり、「勉強せい」などとは一度も言われた事がなかった。お陰で私は家ではほとんど勉強はしなかった。勿論、塾なども1カ月行っただけでやめてしまった。大学受験する段になって初めて、もう少し勉強しておけばよかったと悔やんだが、後の祭り。

それが70歳を超えた頃から、だんだんと人柄が変わってきた。母が勤めに出だしたこと、次男（私の事）はなかなか結婚しないこと、そんな事へのストレスが徐々に溜まっていったのだろうと思う。顔つきが険しくなり、怒りっぽくなってきた。今思えば、アルツハイマー病の初期であったのだろう。母への暴言も増えてきた。「お前は小学校からやり直せ」と、何回も怒鳴られていたようです。

そんな頃です。大阪の天王寺にある会社で働いていたとき、突然に電話が回ってきた。「母ちゃんやけど、今、天王寺の駅におるんよ」。ええっ、驚きである。父の暴言に堪え兼ねて家出をして来たのである。ノブちゃん70歳台半ばの頃だったと思う。よくそんな行動力があったものだ。父のほうは、幸い妹が仕事の関係で宇和島に通勤していたので、母不在の間は面倒を見てくれたようである。一週間は奈良の私の家に滞在していた。父より「頼むから帰って来てくれや」と電話が入って、ノブちゃんの頭痛もストレスも大分に治まってきたので漸く帰ることになった。それにしてもその行動力は賞賛？と驚愕の他ない。

それで父の言動が治まったかと言うとそうではない。やはり、病気だったのである。身体は元気で頭が少しおかしいというのがこれまた困り者である。そして、平成15年、父89歳で激動の人生を終えた。通夜のとき、私は大いに泣いた。父の死が悲しかったのではない。母の今までの苦労が思いだされて泣いたのである。

「死んだら墓も葬式もいらん。あんなもんなんにもならん。骨は海にでも捨ててくれたらいい」と、よく言っていたが、「葬式は死んだ人のために行うのではなく、残された人のためにやるのです」と、心で呟いた。父の反骨精神は私に受け継がれているのかもしれない。

平成30年12月4日

✧NHK『あさイチ』の料理コーナーで、鯖を使ったレシピの紹介。

母「サバが出てくると思い出すわ。昔、毎日のように魚を買ってあげていた人に貯金をお願いして断られた時には、ホントに涙がでたわ」

私が小さい頃、毎日のように大八車にトロ箱積んで魚を売りに来る人がいました。その魚はよく夕食の膳に並んでいました。確か、数十円で一家のおかずが賄えるような時代でした。宇和海の新鮮な魚で、特に夏などはトロ箱に入った氷の塊を貰っては喜んでいました。氷も貴重品でしたからね。

平成30年12月5日

✧冬らしくなってきました。冬は苦手の私達です。『霜焼け』、近頃はあまり聞かなくなりましたが、ノブちゃんと恵子と私は霜焼けが酷く、冬になると泣かされてきました。小学生の頃の思い出に練炭火鉢にアルマイトの洗面器を置いて、お湯を沸かしてその中に乾燥させたみかんの皮を入れて、３人で代わる代わる手を温めるのが冬の夜の恒例行事のようでした。特に母は、手が紫色に腫れ上がり、それでも痛みに耐えて炊事洗濯をしていました。実際、母が小学生の頃は、その手の腫れの酷さで、冬の雑巾掛け掃除は免除してもらっていたそうです。私も、先生に教壇に呼ばれて「関本君はこんな手で雑巾掛けしているんだぞ」と、褒めてもらったことがあります。私はただただ恥ずかしいだけでしたが。我が家に瞬間湯沸かし器がついた時は、まさに神からの贈り物のように喜んだものです。

今でこそ食料事情も良くなったし、蛇口からお湯も出るしで、昔ほどの霜焼けはなくなりましたが、腫れぼったい手を見ると、あの頃を思い出して悲しくなります。

平成最後の年に迎える101歳誕生日

平成31年1月1日

✧平成最後の元旦を迎えました。

大晦日はノブちゃんと東京から正月帰省した兄と3人で『紅白歌合戦』を見てから床に就きました。普段から夜は11時過ぎないと寝ない人なので、夜の遅いのは慣れっこです。その紅白もノブちゃんには、「もう、わたしの知らん人ばっかりでおもしろうないなあ……」ということになります。

元旦はさすがにノブちゃん、10時頃に起きて来て3人でお屠蘇を祝いました。お猪口に2杯くらいは母も飲めます。でも、私が勧めないと一切飲みません。おせちは私手づくりの黒豆、卵焼き、蕪の酢漬け、切るだけでいい地元の揚巻・錦巻・紅白蒲鉾など。雑煮はすましの高菜と蒲鉾。

我が家は雑煮といえばほうれん草ではなく高菜です。

質素ですが何とか形にはなっています。田作りも材料は買ってありましたが、時間と気力がなくなって、よう作りませんでした。黒豆は初めて挑戦したのですが、砂糖が全然たりませんでした。それに人参も豆と同時に煮込んだものだから、ドロドロに溶けてしまって、形が残っていないのです。母にしっかり教えてもらわなければなりませんね。

去年までは近くの和霊様に初詣に行っていました。100歳のあの足で、長い石段（前出の写真参考）を上り、お札を求めて帰っていましたが、今年はさすがに無理だと自覚したのか、行こうとは言いませんでした。

私「また天気がよくなって暖かくなったら行こうや」

母「そうやなあ」

……さて、実現できればいいのですが。

平成31年1月2日

✧天赦園において、ノブちゃん昨年に続いて2回目の撮影会。今回は大阪から帰省中の孫ゆう子と。カメラマンは前回と同じく水野氏。30分ほどの短い間でしたが、園内を歩くし、少し寒かったのでノブちゃん大丈夫だろうかとハラハラものでした。幸い天気にも恵まれて、母も大満足そうでした。

今回はテレビ出演した時の紺の着物に道行コート。これは義母の着物をコートに仕立て直したものだと言う。ということは、かれこれ100年以上も前のものになる。ゆう子が着けている帯は、母が20歳（昭和13年）の頃、父親が大阪で買ってくれたものだと言う。裏表が同じ絵柄になっていて、今時こんな帯はないのだとも言った。こちらもきっちりと80年は経っている。色褪せることなく、今の流行に流されることなく、いいものはいつまで経っても見劣りしないのです。

それにしても時間の単位が半端ではないなあ。数年経てば飽きられたり流行が廃れたりで、すぐに捨てられてしまう昨今の服とはえらい違いようです。

平成31年1月3日

✧私が買い物から帰って来ると、ノブちゃん居間のコタツの上で何かの包み紙で祝儀袋を手づくりしている。

私「それ何に使うの？」

母「ゆう子と久美子にお年玉遣るのよ」

私「お年玉は昨日渡してあげたやない」

母「あげてないよ」

私「ちゃんとあげて済んでます」

母「あげたやろか？」

私「間違いなくあげてあるから。それよりも、二人とも昨日帰って行ったやない」

母「えぇっ、もう帰ったの」

私「昨日サヨナラしたやろう」

母「ほうやったかなあ……」

もう、昨日のことを忘れてしまっているのである。やはり、心配です。

平成31年1月5日

✧三が日の朝食は私が作った雑煮でしたが、昨日から今まで通りのパン食になりました。ノブちゃんは私より少し遅めの朝食。食パン3分の2にピーナッツバター、牛乳にインスタントコーヒーと砂糖を入れて飲むのが定番。時たま、ゆで卵か目玉焼きを作ってやりますと「今日は御馳走やなア」と言います。

カップ半分ほど飲んでから、「なんか今日はおかしいと思ったら、牛乳入れるのを忘れとったわ」。牛乳の代わりにお湯を入れていました。

平成31年1月12日

✧今日は101歳の誕生日。例年のように、ゆう子から宅配便で豪華な花束が送られて来ました。お隣さんからも綺麗なお花のプレゼント。久美子や妻は本を贈りました。私はバラの花を16本。去年が15本だったので1本増やしただけです。毎年1本ずつ増やして、そう20本になるまでは長生きしてほしいものです。12月、孫達が帰って来た時に6人で仮祝いをしていたので、今日は妹夫婦と私の4人だけの誕生会。冷凍してあった栗を入れて、インスタントの赤飯を炊いて、菜は天婦羅を揚げました。種はキスにエビとタマネギのかき揚げ、さつま芋、蓮根、菜の花です。２時頃から準備に掛かり6時丁度に仕上がり。その間に頂いていたプレゼントを並べて記念撮影。

母「１００歳になって（実際は１０１歳）こんなにお祝いしてもらえる人は他におらんやろなあ」

と、昨日からもう10回以上は言っています。

私「１０１歳で寝たきりでなく、元気に迎えられる人は少ないからね」

母「ああ、わたしは幸せやなあ」

と、満面の笑みが可愛らしい。

女学校時代の同期のI梅子さんからもお祝いの電話を頂いた。この方も母に負けないくらいお元気で頑張っておられるご様子です。しかもおひとりで暮らしているらしいので、うちよりももーっと偉い人なんだと思います。

母はいつも「頭が良くて優等生で、字も大変にお上手で」と言って尊敬しています。

「今度のお誕生日には、私がお祝いしてあげんといけんねえ」

……さて、Iさんの誕生日、覚えているのだろうか。

……それから数日経って、
私「Ｉさんの誕生日知っているの？」
母「私と１日違い」
私「エッ、そうやったの。お祝いの電話した？」
母「忘れとったわ」
私「それはいけんわ。今度、お花でも持って行ったらいいよ」
これは私の油断でした。覚えているわけがないのにね。なんであの時に聞かなかったか、悔やまれます。

平成31年１月21日

✧午前２時20分頃。ノブちゃんがベッドから落ちた音で起こされた。トイレタイムである。腰が上がらず立てそうにもないので、抱き起こしてそばの簡易トイレまで連れて行く。腰掛けようとする寸前に、今度は前のめりに倒れた。少し休ませてから便座に座らせ、やっと用を足させた。パジャマを濡らしたからと言って、普段は使用しない紙パンツに穿き替えて眠りに就いた。右目の横を擦りむいていたので紫雲膏をつけてやった。翌朝、私「昨日のこと覚えている？」
母「いや、何かあったの？」
私「トイレの前でこけて擦りむいたやない」
母「そうやったかなあ、全然そんな気がないが」
私「その右目の横の擦りむいたところが赤くなってるやろ」
母、鏡を見て「あっ、ホントヨ。赤くなっとらい」これが証拠です。
……昨夜のことは全然覚えていないのです。これからこんなことが多くなってくると思うと、悲しいものがあります。

平成31年2月3日

✧最近、胸が痛い・肩が凝るというのが毎日のように続いています。30分ほどすると治まるのですが、その回数が多くなりました。少し前までは日に1回くらいだったのが2〜3回と不定期的に襲われるようです。主治医も原因がよく分からないらしく、100歳も越えれば体全体の機能が低下してくるので老衰病としか言いようがないのかもしれない。むしろ先生は「私よりも元気ですよ」と言ってくれます。

確かに血圧・血糖値などの数値を見る限り健康そのものです。

夜は9時まで歌番組を見て、しんどそうなので肩から背中のマッサージを50分ほどしてやる。

母「あー、気持ちがよかった。極楽極楽」

私「風呂いれるけど入れるかな」

母「気持ちよくなったからもう寝るわ」

と言って、新聞を読みだした。

私「折角、気持ちよくなっているんやから早く寝んかな」

母「今日は新聞読んでないから」

と言って1時間新聞を読み、トイレを済ましてから、
母「ほな、寝らい」

と言ったのが11時10分。

折角気持ちよく眠らせてやろうと思ってマッサージしたのに、息子の気も知らないで。

でもこれはいつものことなんです。

平成31年2月7日

✧居合の稽古から帰って風呂に入り、次に母が入って出て来たのが夜の11時10分。

私「湯冷めするから早よ寝さいよ」

母「中尾ミエがテレビに出るからそれを見るの。久し振りやから」

私「中尾ミエ、好きなんかな?」

母「好きなんよ」

私「じゃ、それまで少しだけ肩もんでやるよ」

そして歌ったのが『エラトステネスのなんたら』という、私の知らない歌たった1曲だけ。これだけのために……(勿論1曲だけだとは思っていなかっただろうが)。

私「中尾ミエって、いいかな?」

母「いいよ、好きよ。もう1人誰やったかな、おったやろ?」

私「伊東ゆかりよ」

母「そう、なかなか良かったけどな。最近あまり見んな」

私の若い頃に流行った人達。ノブちゃんはこんなちょっとポップな歌も好きなんです。

そういえば郷ひろみも良いって言っていたなあ。

あまりに早く終わってしまったので、仕方なく肩もみの続きをしてやることに。
0時10分で終了しました。

平成31年2月10日

✧私が風呂から出て「風呂入りさいよ」と言ったのが夜の11時10分。「ちょっとこれ見とるから」NHKの韓流ドラマです。最近ずーっと見ていなかったので、話の筋はホントには理解できていないはずなのに。それでも真剣に見ています。0時に終わり、それからお風呂に入ります。私は布団に入りますが、出てくるまでは眠れません。外は夜半から降り始めた雨の音が、大きくなったり小さくなったり耳に静かに入ってきます。

風呂の戸を閉める音がし、製氷庫から氷を出してコップに入れる音が聞こえてきます。ノブちゃんは、この冬でもただの水道水は飲みません。必ず氷を入れるのです。暑がりの母が、少し熱をサマしてから床に就いたのが夜中、1時10分。それで私は落ち着いて眠りに専念するのですが、なかなかすぐには寝付けないタイプ。うつらうつらと支離滅裂な夢を見ていたと思ったら、ノブちゃんのトイレに立つ音。簡易トイレは使わずに、歩いていつものトイレへ。今日の足音は軽快なのでこける心配はないだろう。時計を見ると2時33

分。まだ雨の音が続いています。

しまった。そのせいか雨で暗いせいか、寝過ごしてしまった。私が起きたのが7時。いつもより1時間も遅い。雨も上がっていたので、それからお城に向かうが、いつもの城友達には当然会えません。遅くても行かないよりはましです。

帰ってから朝食を摂って新聞を見ている頃、ノブちゃんが起きて来た。朝、9時40分です。普通の老人のタイムスケジュールではありません。

私「今日はどうぞな（変わりはないかな）？」

母「うん、いいよ！」

と言って、にっこり笑った。

平成31年2月12日
✧母「座ってばかりやから、ちょっと歩いてくらい」
恵子「遠くへ行ったらいけんで。裏を回って来るだけにしさいよ」
母、ハーイ、と言って杖を持って玄関を出た。しばらく経って、
恵子「なかなか帰って来んけど大丈夫やろか？」

私「そんなには経ってないやろ」

と、そこへ向かいの奥さんがきて、

「おばあちゃん、坂を下りて行きよったけど大丈夫やろか？」

私「あれだけ坂は下りたらいけんと言うとったのになあ」

お礼を言って後追いかけて見に行く。坂を下りて、城北中学校のグラウンドを右回りに捜して歩くが、なかなか姿が見えない。少し心配になり更に歩いていると丁度、学校正門で母の姿を見つけてホッとした。すぐに手を取ってやると、
母「ああ汗かいた」と、一言。

私「ちょっとそこで休みさい」

正門横の石垣に腰をかけさせて、それからもう一回、坂の途中で一休みさせて家に着きました。

惠子「あれだけ坂は下りたらいけんと言うとったのに」

母「頭では行かんと思うとるのに、なぜか足が勝手に動いとるのよ」

エエッッ、なんという凄い言い訳。恐れ入りました。

平成31年2月18日

✧まだ寒さが残っている朝です。

母「これ、温いから首に巻いときさいや」

古そうなマフラーを持って来た。私が中学時代に使っていた思い出が、かすかによみがえる。

私「これ、もう50年前のものやないかな」

母「よっちゃん（兄のこと）も色違いで同じものをあげたよ。ちゃんと洗ってのけて（しまって）おいたから。いい物やから温いよ」

よく見ると色は褪せているし、両端はほつれてしまっている。こんなものを今まで大事にしまっていたものだと、感心する以外にない。

平成31年2月20日

✧私の風呂の後に、母が風呂から出たのが夜の11時30分。老人の起きている時間ではないが、母にとってはよくあること。いつものように氷水を飲みながらコタツで一休み。私が床に就いていてウトウトしていて、ふと気が付いたら0時5分前。あれ、ノブちゃん何してるんやろ？　隣の居間を覗くと、電気の切れたコタツに足を入れたまま、横になって寝ている。新聞が広げられたままなので、読みながら眠ってしまったようだ。
私「風邪引くよ！」
母「むーか……▽＊□♯××……」
何言っているのか分からない。寝ぼけているのだろう。やっとこさ身体を起こしてひきずるようにベッドまで運ぶ。横に寝かした途端、すぐに大きな鼾をかいて眠りだした。罪がないもんである。

平成31年2月24日

✧日曜朝のテレビ『サンデーモーニング』のスポーツコーナーがお気に入りのノブちゃん。特に張本氏の「喝」「あっぱれ」が好きらしい。

野球のオープン戦のニュースを見ていて、
母「もうこんな時間から試合しとるのかな？」

私「これは録画してるものなのよ」

母「どうりで早よからやっている思うた。あの〈あっぱれ〉言うた時はなんぼか貰えるんやろか？」
私「ただ褒めてもらえるだけで、ナーンも貰えんで」
母「なんか貰えるのやろかと思とった」
本当だ。一批評家に褒めてもらっても、プロなら大して嬉しくもないかもしれない。「あっぱれ」と「喝」を年間合計して、最優秀あっぱれ賞や最多喝激励賞なるものを設けたら面白いかもしれない。年寄りの発想は面白い。

平成31年2月27日

✧朝、ノブちゃん起きて来たのが11時頃。私の仕事部屋を覗いて、
母「おはよう」
私「おはよう。ちょっと遅かったなあ」
母「目は覚めとったのやけど頭が痛かったから寝とったのよ」
私「頭痛いの？　……大丈夫かなあ？」
母「今はもう治ったから。多分、肩の凝りからよ」
私「後で肩もんであげるから、早う顔洗ってきさいや」

母「今日は土曜日かな？」
私「水曜日！　恵子は休みよ」
母「ほう、水曜日かな」
私「早よ顔洗って、ご飯を食べさいや」
母「ハイっ」
と素直に答えて洗面所へ行く。
……何気ない朝の会話です。

平成31年2月28日

✧ご近所のおばあさんが亡くなられました。93歳くらいだと聞きました。
母「まだ私より若いのになあ。かわいそうに」
私「母ちゃんより年上の人はなかなかおらんよ」
母「そやろか」
私「101歳でご飯を自分で食べられて、風呂もひとりで入られる人はそんなにおらんで」

母「そやろか」
……やはり自分のことを101歳だと自覚していない。
母「ここら辺では私が一番（年）上なんやなあ」
私「ここら辺ではなくても市内ではトップクラスよ」
夕ご飯を食べることなく、恵子と二人でお通夜に参列しました。
居合の稽古を早めに切り上げて帰って来ると、台所で卵酒を作っていました。
母「ちょっと疲れたから卵酒飲もうと思って。明日はお葬式に行かないけんし」
私「大丈夫かな？」
母「大丈夫よ」
私「そしたら早めに風呂入って寝ないけんで」
母「はいっ」
と可愛らしく返事はする。
一番風呂は嫌がるので私が先に風呂に入り、母が出て来たのが10時半。それから少しテレビを見て、新聞も少し眺めて寝たのが11時過ぎ。普段より少し早いだけでした。

平成31年3月1日

✧昨日のお通夜に続いて葬儀に出席しました。帰りの車のなか、
母「私より若い人が亡くなるのは、何かしらかわいそうな気がするなあ」

昨日と同じことを言っている。

私「100歳で人の葬式に出られるって、すごいことやで」

母「そうやなあ。来てもらう方やなあ」おっ、よく分かっている。

通夜と葬儀、どちらも1時間程度ですが、椅子に座りっぱなしと何もないようでも気を使うので、やはり身体に堪えたようです。翌日、翌々日と昼過ぎまで寝ていました。

平成31年3月6日

✧BSのテレビ番組『日本の名曲　人生、歌がある』4Hスペシャルを見ていた。
小林幸子　:母「若いなあ」
　私「これ、昔のビデオやから。シワもないやろ」
鳥羽一郎　:母「だいぶ白髪が増えたなあ」数日前にも見てるはずなんですけど。
　母「弟（山川豊）の方は出んなったなあ」……あっ、知ってるんだ。

私「ヒット曲がすくないからなあ」
大月みやこ：母「帯の柄が良いよ。可愛らしいね」
かなりのお年だと思いますが、母にとっては可愛らしく見えるらしい。
私「こんな歌手あまりおらんなあ」
母「顔もきれいやし声もエエし」
吉　幾三　：母「久し振りやなあ。この人も好きやね」
テレビのリモコンを引き寄せボリュームを上げる（24から48まで）。勿論、左耳には高音設定のイヤホンをしています。私は耐えきれないので、100均の耳栓をします。
島津亜矢　：『夜明けのうた』熱唱。母「この子もええなあ。声がよう出テ」
そして更にボリュームを60まで上げます。
都はるみ　：母「あれ、都はるみかな。久し振りやなあ」
私「これも昔の録画」
キム・ヨンジャ：『涙の連絡船』を歌う。
母「この人はなに歌わしてもええなあ。ひばりの歌もうまいし」

ノブちゃんは心こめて熱唱する実力派歌手が大好きなのです。

五木ひろし・郷ひろみ・田原俊彦：3人で　♪アッチッチ　アッチ……の歌を歌ってる。

母「やっぱり郷ひろみはかっこええなあ。ほかの2人とはちがうわい」

美川憲一：母「衣装がええわい」

私「この人はこれが売りやけん」

八代亜紀：『舟唄』を歌う。

母「この人はこの歌がいちばんええわい」よく分かってらっしゃる。

千　昌夫：母「歌は年取っても歌えるからええわいねえ。この人声量があるけん」

私「この人は訛りがええのよね」

母「ほかの人じゃ味が出んもんなあ」

福田こうへい：母「この人も声はええけど、初めの頃よりやつれたみたいやなあ」

布施　明：母「この人も声が変わらんなあ。もう80くらいやろか」

私「70過ぎたくらいやないかな」

コマーシャルに変わって吉永小百合が映った。

母「おらんなってもこうしてテレビにでてくるからええなあ」

私「小百合はまだ死んでないよ」

母「ほうかな」

……しばらく顔を見ないと、みんな殺しかねない。

由紀さおり：母「よう太ったなあこの人。前はもっと痩せとったのに」

ええっ前って、いったい何年前の事だろう。少なくても20年以上前？

等々、今晩はよく話してご機嫌のようです。

歌番組は好きですが、「最近の若い子は全然解らんけん」面白くないそうです。

左の肩を自分でもむ仕草をするものだから、50分ほどマッサージをしてやる。

母「ああ、ええ気持ちやった。これでよう眠れらい」

テレビをＮＨＫに切り替えると安藤百福の物語をやっていた。

私「気持ちのいい間に早う寝さいよ」

母「ちょっとこれを見るから……」

番組が終わったのが11時10分。すぐ寝るのかと思いきや、それからトイレに行って新聞を少し見て……「おやすみなさい」。０時に近くなっている。

我がまま元気ばあさんとしか言いようがない。

平成31年3月10日

✧今日から大相撲春場所が始まる。

ノブちゃんは相撲ファンでもあります。相撲が始まると少しホッとします。この15日間の夕方は、テレビを観て過ごせるからです。最近は観ながらもコタツで横になって眠っている事も多くなりました。それもイヤホンを着けたまま。かなりの音量なのに、よくこれで眠れるものだと感心します。お気に入りの関取は遠藤や栃ノ心、引退したが琴欧州、どうも面食いのようです。白鵬が勝つ度に「白鵬はやっぱり違うわい。ちょっとほかの人は勝てんなあ」と感心しています。もう一つのお気に入りは行司さんの衣装。「殺風景な土俵やけん、色鮮やかな行司さんの衣装がより一層引き立ってええなあ」また関取のまわしの色にも興味があって、「あれは色で位が決まっとるのかな」とか、「あのまわしの色は好きじゃないなあ」などと楽しみ方も色々です。

スポーツは好きなので、野球なんかもルールも分からないのに観ている事もあります。その点、相撲は分かりやすくていいですね。

平成31年3月13〜14日

✧朝から咳が続いてなかなか止まらなく、少し苦しそうであった。ここ1年くらい前から、時折ぶり返したように咳が出る状態。

母「今日は咳が出るから風呂はやめておくわ」

……と、夕方には言っていました。

夜10時過ぎた頃に「風呂のお湯入れたいけど熱いお湯はどうやって入れるんかな？」お湯の張り方などは以前も教えていたのですが、すぐに忘れてしまうようです。

私「えッ、今日はお風呂入らんのやなかったかな」

母「ちょっと入ろうかと思って」

……気分も体調も良くなってきたと見える。

私「じゃ、お湯入れてあげるから先に入りさいや」

母「そうしようか」と言った矢先に、「胸が痛くなったので、あんた先に入ってや」

私「大丈夫かな？」

母「ちょっと胸がしんどくなっただけ」

……この痛みは日に1〜2回は思い出したように起こる。原因は主治医にも解らない。

終いには「もう年やからねえ」となってしまう。あらゆる器官が老朽化して、何が起こっても不思議ではないのだろう。仕方なく私が先に入り、落ち着いたノブちゃんが風呂を上がったのが午前0時30分前。それから床に就いたが、一向に咳が止まらない。私は薄目をあけて母の様子を見守っている。先に床に就いている私ですが、当然眠れない。

「グフッ、グフッ」という咳が止まらない。1時40分頃、今度は起き上がって足を自分でもんでいる。咳の音が耳について離れない上、ベッドでごそごそされては眠れるわけがない。

私「どうかしたんかな?」

母「足がだるくて眠れんのよ」

私「じゃ、ちょっともんでやるよ」

……私が小学校2年の時、病気で2カ月ほど学校を休んだ事がありました。夜やはり同じように足がだるくて眠れない時、母がいつも足をさすってくれていました。マッサージをする時は、そのお返しだと思っています。……少しすると、

母「あんた、明日は松山行くんやろ。もうええよ」

私「その咳の音で僕が眠れないのよ。もう少ししてあげるよ……」

しばらくすると母の状態も少し落ち着いてきた。明日、というより今日は松山まで印象派の絵画展を見に行く予定だったが、これでは無理と諦めて眠る努力をした。

この夜は珍しく3回トイレに立った。その都度目が覚まされ、半分寝ながらも母の様子を監視している。ああ、明日は即病院へ連れて行かなければならないなあ、と思いつつまた少しウトウト。多少は眠れたのだろうか、6時には起きて母の顔を見ると静かに眠っている。安心して城山に向かう。帰って来て母の顔を覗くが、当然何もなかったかのように眠っている。9時過ぎにノブちゃん起きてきて、

「あれ、あんたまだいるの？」

……「あなたのせいで（松山）行けなかったのよ」とは言えないけれど、寝不足と母の身体が心配で到底、行く気分にはなれない。朝食の準備をしてやり、それからいつもの病院へ連れて行く。

1時間後、行く前とは全く別人のような笑顔で、「ああ、らくになったわ！」と、一言。私もホッとしました。

平成31年３月20日

✧一昨日が彼岸の入り。昨日は雨。今日は４～５月の陽気になるというので、吉田のお墓参りに行く。杖と私の手を借りて、今年も何とか山の中腹にあるお墓までたどり着けた。

母「１００歳になって来れるのは大したもんやろな」と少し自慢げ。

私「１０１歳よ、もっと凄いわい」

母「そうやなあ、１０１歳なんよなあ。もう来年は来れんかもなあ」

私「去年も同じ事言うとったよ。また秋に来られるよう頑張ったらええわい」

……「骨になって来たらいけんよ」と、もう少しで言いそうになった。

帰るとすぐコタツで横になった。私が栄養ドリンクを出して「疲れたやろ」と言うと、

母「今日はちょっとな。去年まではこんなに疲れんかったのに」

次の台詞がいい。「年やろか？」。

私「年も年、大年寄りよ」。二人笑った。

平成31年４月４日

✧絶好のお花見日和となりました。妹が弁当を買ってきてくれて、３人で近くの丸山公園

へお花見に出かけました。桜は満開、平日なのに思った以上の大勢の人達が訪れていました。風は少し冷たいのですが、日向にいるとぽかぽかと暖かいくらいです。

ノブちゃん、初めは着物を着て行こうかと言い出したが、チョットの事やからと言って止めさせました。それで又疲れるような事があったら困り者だからです。

母「お節句いうたら、昔は夜中までお弁当つくっとったが」

私「和霊様へ3段の重箱もって、よく行っとったなあ」

昔の和霊公園はソメイヨシノが多く、お花見のメッカでした。娯楽の少ない時代にあっては、お花見は一大イベントで、多くの人で賑わっていま

した。
母「101歳で来とる人あるやろか？」
私「90歳でもおらんやろう。100歳やったらベッドでお花見よ」
母「私は仕合わせやなあ。いつ死んでもええわい」
私「また、来年も来られるように頑張ったらええわい」
……同じような会話が何回も続くのです。平成最後の花見、令和の年になってもお花見ができるのでしょうか。花吹雪舞い散る丘の上、いい親孝行ができました。

平成31年4月6日

✧母「最近、A子さんから電話がかからんのやけど元気にしとるんやろか？　チョット電話してみてや」

と携帯を持ってきた（母の従妹にあたるA子さんは母より一回り以上年下で、よく気に掛けてもらって電話をくれていました）。

電話の様子では、少し前は調子も悪かったようですが、今はまずまずの体調みたいで一安心です。

次にS伯母さんにも電話をかけている。こちらは番号を覚えている。この伯母さんも時々「ねえさん元気カナ……」と、電話をくれます。年はやはり10歳くらい下のはずです。何回呼んでも出て来ないので、伯母さんの娘さんの携帯に電話を入れている。履歴を見ると4回もかけている。こちらも出て来ないらしい。
母「電話しても出て来んが、入院でもしとるんやないやろか」
と心配顔。もうこの年齢になると入院していても不思議ではないのです。
私「デイサービスに行っとるんやないやろか」
夕方、娘さんより電話が入り、急きょ遠方の子供の所へ行かなければならなくなって、ショートステイに3～4日預けていると言う。母もこれでやっと一安心。
私「101にもなったら心配してもらうほうなのに、人の心配ばかりして」
母「そうやなあ」
とただひとこと。

平成31年4月8日

✧夜中、雨の音で目が覚めました。縁側の雨よけのビニールカーテンを引きに起きて行きました。2時25分。カーテンを閉めて戻って来ると、ベッド脇に黒い塊が。一瞬吃驚したが、母が起きだして、立てないものだから蹲っていたのです。

私「どうしたんぞな？」

母「よっちゃんかな」東京にいる兄の名を言うのです。

私「和郎やがな」

母「ああ、あんたかな。お赤飯の小豆を炊こうと思って」

今日は私の誕生日なので、赤飯を炊く予定をしていたようです。

私「インスタントでできるやつがあるから、炊かんでもええ言うとったやろ」

母「それでもみんなが出来るの待っているから」

……そういえば何かしら寝言を言っていた。雨音よりもこの寝言に起こされたのかもしれない。

私「それは夢やがな。夢を見とったんよ」

母「夢かなぁ、それでも炊かんといけんやろ」

私「まだ夜中の2時半よ。心配せんともう一回寝さいや」

と言って寝かしつけた。

5時10分。再び、ごそごそと起きだして来る母。そしてトイレに向かう。が、なかなか戻って来ない。炊事場で何かしら変わった物音が聞こえてくる。そっと覗いてみると、ノブちゃん、パジャマのズボンを脱いだままの姿で小豆を炊いている。冷凍していた栗まで出してきて。

私「小豆は炊かんでもええ言うとったやろ」

母「お赤飯炊かんといけんから」

私「それはもうええと言うとったやろ。それより早よズボンをはきさいや」

母「ズボン何処へ置いたんやろ？」

……洗面所の横へ脱ぎ捨ててあったのを穿かせてベッドまで連れて行った。その気持ちは涙出るくらい嬉しいのですが、後々無理がたたってくるのが解るだけに、させたくないのも子の気持ちです。が、それで終わらない。

7時50分。私が城山の散歩から帰って来ると、小豆をＩＨに掛けて炊いている。おまけに餅米まで出してきて洗おうとしていた。

私「それは僕がやるからせんでもええ言うとったやろ」

……聞き分けのないノブちゃんを漸く納得させて朝食の用意をさせることでごまかした。

そののち、私の手で赤飯を炊いて昼ご飯に間に合わせました。

丁度、昨日お隣から頂いた戸島直送の立派な鯛も調理して、豪華な食卓となりました。

母「かずおちゃん、誕生日おめでとう」

私「ハイ、ありがとう」

……妹と3人で栗入りの赤飯で祝ってもらいました。お膳立ては全て私がしたのですが。

平成31年4月20日

✧昨年の11月頃に風邪を引き、咳だけがなぜか今も止まらない。病院で痰・咳止めの薬は出してもらっていますが、なかなか治らない。その薬も20日分くらい余分に溜まっているので飲み忘れが多いのです。

食後には「薬は飲んだかな?」と訊きますが、必ず「ああ飲んだよ」と誇らしげに言うものだから、あまり詮索せずにやり過ごす事も多かったのです。

今日の昼食後、「薬飲んだかな?」と訊くと、「今から飲むところよ」と言って出してきたのがいつもと違う形態の薬。おかしいなあと思って見てみると薬袋に赤字で「めまい」と書いてある。しかも日付が昨年の9月21日となっている。

「それは薬が違うよ」

そして他の薬が入れてあるミッキーマウスの薬箱を捜すと、２センチ以上の厚みがある「咳止め・去痰剤」の袋があった。先日もらったばかりのものです。昨日までは確かに毎日服用の血圧、甲状腺の薬２袋と一緒に、取りやすいところのボックスに入れてあったはずなのですが。なぜ普段使っていない他の薬と入れ替えたのか、不思議でなりません。これからはもっと注意しておかなければなりませんね。

令和の時代を迎えました

5月1日より元号が令和に変わりました。ノブちゃん、これで大正、昭和、平成、令和と、四つの時代を生きていくことになります。

近頃、物忘れが酷くなってきていることや、座っている時から立ち上がるのに、以前とはかなり違ってなかなか簡単にはいかなくなりました。歩くことも減ってきたので、時々家の裏通りくらいまでは手を引いて連れて行くこともありますが、昼間はテレビを見ながらコタツで横になって寝ていることが多くなりました。喋っていても「言葉が最後までつづかんのよ」と、かすれ声で嘆いてきます。確かに急激な衰えは感じられます。でも、まだまだ頑張ってもらわなければ。「ご飯は何食べてもおいしい」と言っているうちは大丈夫でしょう。

令和元年5月26日

✧今日は北海道の各地で、気温38度から39度という数字を記録し、日本で一番暑いところとなった。宇和島でも32度ほどの真夏日。異常気象である。早速、扇風機を出してきて居間に置いた。

母「もうそろそろ欲しいと思とったところよ」

……それでもまだコタツには布団がかかったままの状態。ノブちゃん、未だに「足が冷ようていけんのよ」というくらいで、布団は片付けられないでいる。布団がなくなるのは6月半ば頃になるだろう。

夕方、さすがに今日の暑さで扇風機を回していた。ふと見るとコタツの電源は入ったまま。

私「コタツ、電気入ったままよ。暑くないかな?」

母「そうやなぁ、電気消してもらおうか」

コタツの電気入れたままで扇風機に当たっていたなんて、信じられない。

令和元年6月1日

✧夕方、ノブちゃん庭の花に水をやっていた。

母「このホース、水が出んのやけどどうしてやろ?」

恵子、散水ノズルの握り手の部分を指して「ここをずーと握っとったら水が出んのよ」

ストッパーが掛かるようになっている器具です。

恵子「手を離さんといけんのよ」

母、そうかなと言ってノズルを握っている右手はそのままに、手すりを握っていた左手を離した。

恵子、思わず笑って「そっちじゃなくて右の方の手を離すの!」

当然のこと、水は心地よく出ました。

令和元年6月5日

✧NHKテレビで大豆を取り上げていた。
母「昔は配給が大豆で、ご飯の代わりに大豆ばかり食べとった」
私「どうして食べたの」

母「煎ったり炊いたりして。父ちゃんの弁当にご飯を持たすので、昼は私らは大豆ばっかりやった」
当時父は東洋陶器に勤めていました。夜は大豆と米を混ぜたご飯が多かったようです。
母「(父の故郷の)吉田からお米や芋の粉を送ってもらっていたので、私らはええほうやったわ。芋の粉は、だんごを拵えて近所に配ってあげたら喜んでくれて……。お宅らはこんなん食べられてええなあと羨ましがられたわ」
食べられたら何でも御馳走やったよ、うちの小さな畑でキャベツを作って、よく茹でて食べていたとも言った。
私「その頃の粗衣粗食が今の丈夫な身体を作ったのかもしれんなあ。今の子は良いもんばかり食べとるからアレルギーやらが多いんと違うのかなあ」
滅多に聞かないが、戦争時代の話になると決まって芋の粉が出てきます。

令和元年6月6日
✧今年一番の暑さか。宇和島でも真夏日の30度超え。家ではまだコタツに布団がかかったまま。昼ご飯を食べているとき、母はコタツに足を入れているが、私と妹はその布団が触っただけでも暑くて仕方がない。
私「まだ寒いかな?」
母「今日は寒くないで」
私「そんならコタツの布団、もう除けてもええかな」
母「ええよ」
ということで、梅雨入りの発表(但し、関東地方。中国、四国はまだです)と同時期に冬用のコタツ布団とおさらばできました。
その晩、居合の稽古から帰ってくると、タンクトップみたいな服になって横たわっている。漸く暑さを感じてきたのだろうか。
私「暑いかな?」
母「ううん、暑くないよ」
……でも、その格好は暑いからじゃないのか……。

令和元年6月8日

✧ノブちゃん、風呂から出てきたのが午後11時頃。弱い風の扇風機に当たりながら新聞を読み始めた。30センチほど離して眼鏡なしで読んでいる。
私「眼鏡せんでも読めるの？」
母「最近目が良うなったのやろか、眼鏡せんでも十分に読めるんよ」
そんなことがあるのだろうか。１００も越えて眼鏡なしで新聞の文字が読めるなんて……。新聞を読むということ自体偉いなあと思うのに。
私「早よ寝さいよ。母ちゃんが寝んと僕が寝られんのやけん」
私「もう普通に寝る時間ですよ」
母「ああ、寝らい……」
と言って、20分ほど読んでから床に就くのです。

令和元年6月17日

✧丁度紫陽花があちこちに咲いて、見頃の季節です。妹が墨田の花火とガクアジサイをMさんとこへあげるようにと持ってきてくれた。持って行くとお返しに「今年初めてのスーパーゼンゴ（豆アジ）」と言って頂く。早速、唐揚げにして今晩の菜となる。これがまた絶品！

母「ひとに揚げてもらって食べるのは一番美味しいなあ」
私「これ、新しいからねえ」
母「自分で揚げてたらつまみ食いして。胸の方がつかえてくるけんねえ」
叔母さんの家と義母の家にお裾分け。ところが、叔母さん、膝が悪いと言ってT病院へ入院していた。この方は独り住まいです。
母「そうかな、明日はお見舞いにいかないけんなあ」
私「いつものやつやから、そんなに心配せんでもええわい。1週間したら帰って来るらしいから。それから家の方へ行ったんでええわい」
101歳で人のお見舞い!?　……普通は来てもらう方ですよ。

令和元年6月18日

✧という事で昨日の続き。

母「今日はお見舞いに行くから」

朝からふらつき気味で万全の状態ではないのですが、どうしても行くと言うので一計を案じて、私「そうや、お見舞いついでに診てもらったらええわいね」

母「そうやね、そうしようかなあ」

……という事でいつもとは違うがT病院へ連れて行く。昔通っていたらしく、母の顔を覚えていてくださった看護師さんがいらっしゃった。「お久しぶりやねえ」……でもノブちゃんは多分忘れてしまっていると思います。

診察結果は私が先生に言ったように多分「逆流性食道炎」でしょうという事でした。先生が「薬出しておきますが、どうしても治らんようやったら胃の方の内臓の検査をしますかね。90歳くらい……」と言いかけたので、私が「101歳なんですよ」と言うと、先生とそこにいた看護師3人の方々が一斉にビックリ眼で母を見た。エエッッ、と驚きの声。

先生「それじゃ、検査もできんなあ」と。

結果、心臓もよし、心電図も肺にも問題はないですよとのこと。一応、逆流性食道炎と痛み止めの薬だけは出してもらいました。肋間神経痛の疑いもあるけど……。実際、この年になると全ての機能が弱ってきているので、病名としては決定し難いところがあると思います。

そして2階に入院している叔母のところへお見舞いに行きます。

ご一緒してくださった看護師さんが、「私は101歳ですよっと、話しながら歩いてください。他の患者さんの勇気づけになりますよ」と、冗談っぽく言ってくださったのが、私には何か誇らしく感じられるのでした。

叔母は母より10歳くらい若いはずですが、入院やつれか、母の方が若く見えるくらい。「義姉さんとこはええなあ。子供らが一緒に居って……」と、いつもの弁が始まります。「あんたも頑張らんといけんで、まだ若いんやけん」

確かに母よりは若いけど、もう90は過ぎているのですから。お互い耳の遠い者同士の会話はちぐはぐな場面も多いのですが、それなりに理解し合っているようです。それからしばらくして病院を後にしました。叔母も5日後くらいに退院するそうなので一安心です。

令和元年6月21日

✧今朝の3時頃、ノブちゃんがトイレに立つ音でうっすらと目が覚めた。少し足取りが悪い感じがした。悪い予感。それでも何とか帰ってきて、ベッド近くまで来た時、よろついて後ろ向きに倒れそうになった。とっさに飛び起き、母の身体を支えて事なきを得たが、もし倒れていたら障子の下半分はガラスになっているので危ないところでした。以前に倒れてガラスが割れ、腕を切った事があったので割れ防止のフィルムを貼ってはあるのですが、それにしても危機一髪でした。半分寝ながらもよく対応できたものだと思います。

そんな事は露程もなかったように遅めの朝食を摂り、その後、なにやら編み物にご執心である。

恵子「もうええ加減で止めときさいよ。また肩が凝ってしんどうなるんやけん」

母「ああ、もうちょっとやけん、すぐやめらい」……

そして昼ご飯が済んで3時頃からまた、こつこつと編み始めた。やり始めるとなかなかひとの言う事を聞かない。昔のチョッキ、今はベストと言うけど、太って着られなくなったので脇のところを幅8センチほど毛糸で編み足しているのです。

ああ、これでまた夜はマッサージせんといかんなあ。

6時前、母「できたで。見てみさい」。

恵子「まあ！　ようできとらい。綺麗に編めたなあ。ようそんな同じ色の毛糸があったなあ」

と、大いに感心している。

母「そうやろ」と誇らしげ。

「これももう50年くらい前の物やけど、ものがええから。それに私が大事に大事に扱っとるから。洗濯機なんかで洗ったことないもん。みんな手洗いして丁寧にのけとったから」

……恵子が写真撮ってあげるからと言ってスマホを向け、ポーズをとらせている。ついでに私も写真を撮ってやった。

令和元年6月22日

✧髪が伸びてきたからパーマ屋さんに行きたいと言うので、午後からいつもの美容院へ連れて行く。そこの奥さんが、

「まあ歩けるの！　えらいわ」

と言ってビックリされていた。

カットしたお陰で「10歳くらい若くなった

よ」。

「そうかな」と言って、にっこりと笑った。

満更でもないようだ。

令和元年6月27日

✧ノブちゃんも女なので、私には言い難い事は惠子に訊くのです。

母「どうともないのに（体調が悪くもないのに）おしっこがでる事ってあるのかな？」

惠子「あらいじゃい。お義母さんなんかは歩きながらしとる事があったで。年取ると筋肉が緩んでくるので仕方ないのよ。うちは布団やら廊下のにおいが酷くてたまらんかった。紙おむつを穿かせるのもなかなかやった。101歳でちゃんと自分の事ができる人はそう居ら

んのやけん。母ちゃんも寝る時には紙おむつを穿くようにしさいや。沢山買うてあるんやけん」

……妹はあまり義母の事は話さなかったのですが、彼女なりにかなりの苦労があったようです。お義母さんは2年前に98歳で亡くなりました。大往生です。

昨日の夜中もトイレに立ってからなかなか帰って来ない。風呂場でゴソゴソする音が響いていたのは、濡れた下着やパジャマを洗っていたのです。最近はちょくちょく有る事なのですが、どうも私は言い出し難かったので良い機会でした。母としてもプライドがあるし、自分の恥を見せたくなかったし、そこまでは老いぼれていないとの自負もあったでしょう。

私「そうよ、それで僕が眠れんのやけん、僕のためにも紙パンツを穿くようにしてや」

……多少は観念したのか、

母「そうやなあ、そうするようにするわ」

……とは言ったものの、翌日の夜中、風呂場で下着を洗っている音が聞こえてくるのです。覗かれるのも恥ずかしいだろうから、足音の調子を気にしながら、寝床でじっと帰ってくるのを待っているのです。

令和元年7月3日

✧恵子が中古車だが車を買い替えた。白から小豆色の車になったのを見て、

母「この車ええ色やなあ。塗り替えたん？」

恵子「新しく買うたんよ。このあいだ言うとったやろ」

母「そうやったかなあ……」

……もう、覚えていると思う方が間違っている。

私「車はそう簡単に塗り替える事はできんよ」

令和元年7月6日

✧妹も母と同じH病院に掛かっています。病院から帰って来て母に、

恵子「先生がお母さんは元気ですか？　と聞いとったよ。元気です言うとったら、食事は食べられていますか？　と訊かれたので、はい食べてます、言うたら、ちゃんと食事をとっていたら大丈夫やから、ちゃんと食べるように言っといて下さい、ところであんたはどんな関係？　と訊かれたので、実の娘です、言うたら、そしたらあんたも長生きすらいと言われたよ」

母「心配してもろて有り難い事やなあ。また行かないけんなあ。看護婦さんが100まで生きとうないなあと思とったけど、関本さん見とったら生きてもええなあと言うとったよ」
私「やっぱり週に1回は行かないけんで。電気掛けてもろたら少しは楽になるろ」
母はそうやなあと言ったが、あまりその気がない言い方でした。

令和元年7月7日

✧今日は朝から町内清掃の日。道路横の草刈り作業が主な作業。それでお城には行かないで作業服に着替えていたら、炊事場の方でドタっという音が。しまった、と思って飛んで行くと母が床に転けていた。

「大丈夫かな？　打ってないかな？」

「大丈夫。あんまり打たんように転けたから」

で、トイレまで連れて行く。

朝6時半である。

「まだ早いからもう一度寝さいや」

「そうやなあ、もうちょっと寝さしてもらおうか」
私が草刈り作業でびっしょり汗をかいて戻って来たのが9時半過ぎ。
その頃に母が起きて来て、朝に転けた事覚えているかなと問うと、
母「覚えとるで。あんまり打たなかったけん」
私「よう覚えとったなあ、上出来よ」
母「パン焼いて食べろうかな。あんたの分も焼いてあげろうか？」
私「僕は済んだから、自分の事だけやってやんさいや」
牛乳に珈琲を入れて、パンにはピーナッツバターを塗って、これがいつもの母の朝食。
朝食が終わると新聞を読み、そして横になり、いつの間にか眠りこけていた。

令和元年7月9日

✧昨日の朝、応接室で新聞を読んでいたら何やら焦げ臭いにおいがしてきた。コリャイカンと思って炊事場に飛んで行くと、トースターから煙がでている。煎餅二つが真っ黒焦げになっている。ノブちゃん、湿った煎餅を焼く事はよくあるのです。
私「煎餅、焼きよったのかな？」

母「ううん、焼いてないよ」
……焦げた煎餅を見せて、
私「これ、こんなに焦げとるよ。焦げたにおいが家中にしとるで」
母「さあ?? ……、ああそうよ。トイレいく前に入れて、忘れとったわ！」
そして今日の午後。又もや焦げ付いたにおい。飛んで行くと今度は電子レンジで煎餅をチンしてた。ノブちゃんにはレンジとトースターの使い分けが今ひとつよく理解できていない。「これはトースターで……」と言いかけたが、程よく「焼けている」ようなので、「時間の長く掛け過ぎだけは注意せないけんで」
と言うしかなかった。レンジの回転皿には醤油の焦げがビッチリと付いていた。

令和元年7月10日
✧ノブちゃん、今朝は普段通りに起きて来た。「身体大丈夫かな?」と訊くと、「大丈夫よ、しんどいだけ」と、いつもの会話。
母「今日は土曜日かな?」
私「水曜日よ。だから惠子は休みよ」

……外はずーっと雨が続いている。鬱陶しいくらいに梅雨が続く。7月も半ばで25度を上回る日がほとんどない。暑くないのはいいけど、洗濯物が乾かない。野菜も高くなってきている。相撲が始まっているのだが、すぐに寝てしまって以前のように熱心に見なくなった。ふと目を覚まし、「恵子はもう帰ったのかな?」。「今日は休みやから来てないよ」「ああ、休みやったかな」……もう朝の事は覚えていない。

そして夕食は、胸がつかえて何も食べたくないと言う。

私「そうめんかトコロテンくらいやったら食べられる事ないかな?」

母「いや、なにもいらん。食べとうないのよ」

と言うので、私だけ昨日の残り物のそうめんを食べる事にした。

私「少しでも食べてみんかな? 食べんと元気が出んで」

母「そうやなあ、ほんなら少しだけ食べようか」

そして、お椀一杯分くらいのそうめんを「おいしいなあ」と言って食べた。食べてくれると嬉しい私です。

そして夜、「今日はお風呂はどうするかな?」。「今日は涼しいから入らんでもええわい」とノブちゃん。……それから3時間ほど経った午後10時前。

母「今、お風呂お湯入れたから、ちょっと入ってから寝らい」
私「えっ、自分で入れたの」
……ああやっぱりお風呂入りたかったんやなあ。……
「ゆっくり入りさいや」

令和元年7月25日

✧2～3日前に梅雨が明けた。二十数年振りの遅い梅雨明けとなる。
お城から帰って来ると、ノブちゃん洗濯をしている。今日は調子がいいらしい。
それから二人でパンと牛乳の朝食。時間が掛かるノブちゃんの朝食。終われば新聞を読んで横になって眠っている。11時頃になって目を覚ましたようだ。そこに恵子との会話。
恵子「朝ご飯ちゃんと食べたかな？」
母「まだよ。兄ちゃん（私の事）食べたやろか？」
恵子「こんな時間やからもうすんどらい。パン焼いてあげようかな」
母「そうやなあ、焼いてもらおうか」
パソコン作業をしていた私が聞きつけ、

私「朝、食べとるがな。僕と一緒に食べたやないかな」
母「そうやっつろか。さっき起きた所やから忘れとった。だいぶ惚けてきたなぁ」
……恵子がフォローする。
恵子「今まで寝とったから忘れとったのよ。そんな事もあらい。まだなんにも食べさしてもらってなーい、なんて言いさんなよ」
タイミングもあろうが、食べたのを忘れるなんて事は今までなかった。ボケの症状は水面下で進んできているようだ。

令和元年7月29日
✧熱帯夜続く。お城から帰って来るとノブちゃん、洗濯をしている。

私「大丈夫かな？」

母「大丈夫よ。洗濯ぐらいせんとな」

私「それより先に朝ご飯食べようや」

それから二人でパンと牛乳、いつもの朝食。……とノブちゃんが話し始めた。

母「昨日は変な夢見てね。昔の人がいっぱい出てきて。北陽いう花街の検番が出てきて。

うちの父ちゃんはその〝ちより〟さんが好きやった。そんなに綺麗な人やなかったけどな。北陽の人はようちのもんを買うてもらっとったから」

宇和島には須賀川辺りに北新地、元結掛《もっといぎ》辺りには南新地と呼ばれた、2大花街が栄えていた時代があったそうだ。須賀川が新しく付け替えられたことによって、この辺りも築地と2カ所に分かれたようだ。私にはその華やかなりし頃は全く記憶にないのですが。

それにしても未だに実父の好きだった芸妓さんの名前を覚えているとは。名工と謳われたお祖父さんもかなり浮き名を流したのだろう。私にはその面影は全く見当たらないけど。

令和元年8月12日

✧お盆前の恒例行事、吉田のお墓参り。

正月、春の彼岸には何とか行けたが、帰りにいつも「次は来れるやろか」と言うノブちゃん。春の彼岸は2回ほど休んだだけで、あの高台のお墓まで歩けたが……。

先日からの猛暑続きのなか、帰省中の兄と3人で朝早めには出かけたが、やはり年寄りには相当に堪える。ノブちゃんの手を取って、ゆっくりゆっくりそれでも6回ほど途中で休んで、やっと辿り着いた。顔には今までにない疲労の色が出ている。たった5カ月でこんなにも足腰が弱ってしまった。「最近歩いてないからね。いけんなあ」と、ノブちゃん。数日前に私一人で掃除を済ませていたので、お参りだけで時間はかからなかったが、更に坂を登る叔父さんのお墓まではとても行けないと言って、下から手を合わせていた。

今回はさすがに堪えたのだろう、「次は来れるやろうか」の一言も口に出なかった。

「101歳でお墓参りに来られるのやから大したもんで」と兄。私が、「お彼岸にもまた来たらええなあ」と言うと、「そうやなあ」と一言だけノブちゃんが言った。

令和元年8月14日

✧お盆休みで東京の兄が帰っていて、一昨日は広島にいる義弟や大阪の孫たちとの小宴会。さすがにノブちゃんも嬉しそうでした。

真夜中午前2時半頃。ドン、ガタンという大きな音に、

「しまった、またノブちゃんが転けた」

と、跳ね起きて行くと、ノブちゃんトイレの前で仰向けになって転んでいた。トイレに立つ気配は感じていたが、比較的いい足音なので安心したのがいけなかった。

「大丈夫かな？　頭は打ってない？」ノブちゃん「頭は打ってない。お尻を打った」。「痛

くないかな?」「お尻が痛い」何とか立たせてトイレに座らせる。用を足さしてからベッドに連れて行くのが一苦労。

兄を松山空港まで送って行く予定だったが、母の事が心配なので汽車で帰ってもらった。じっとしていると痛みもないという事なので、骨折はしていないと思うが、念のためT医院に電話を入れると、本日は開いているという。盆休みが多いなか、ラッキーであった。レントゲンも撮ったが骨に異常はないとのこと。

飲み薬と貼り薬を貰って帰宅。歩くと右脚の付け根がたいそう痛いらしく、ベッドに寝かしつけて、

「ジッとしとかないけんで。だいたい、近くの簡易トイレを使わないけん、そうなるんで」。と、ノブちゃん「それを忘れとったわ。今度から使うようにするけん」と、しおらしく言う。

毎晩、夜中に2回はトイレに立つのですが、この簡易トイレはほとんど使った事がない。大方の場合、後始末は私がしてしまうので、それをやらせたくないという気があるのでしょう。本人は分かっていれば必ず自分でやってしまう人なのですが、使った事を覚えていない事が多いのです。それに途中、転けでもしたらもっと大変な事になるので、私がす

る方が気も楽で安全なのです。
今度はこれに懲りて、少しは簡易トイレを使う事になるでしょう。紙パンツには未だに抵抗があるようです。

令和元年8月20日

✧転けてから1週間経つが、歩くとまだ痛みがあり、トイレに行くのも顔をしかめて辛そうである。
さすがに夜中は、近くの簡易トイレを使うようになった。ベッドの足側の方には手すりがなくてたいそう難儀をしていたので、昨日はホームセンターで木を買って来て手すりを急造してやった。「こんなに気を使ってくれて、涙がでるわ」と喜んでくれた。そして今日の昼食後、
母「美味しかった。なんもせんで食べさしてもらうなんて、贅沢なことやなあ」
私「ええのよ、今までやってきたんやから、今度はやってもらう番よ。101歳になって炊事する人は1人もおらんのやけん」
母「そうやろか。……昔は大根ばっかり食べとったけど」

恵子「いつ頃の話なん？」
母「私が25でお嫁に行ってからやけん、26～27歳頃かなあ」
……もう70年以上も前、九州の小倉に父と二人で住んでいた頃です。
母「父ちゃんにお弁当持って行かすけん、昼は大根の炊いたのばっかり」
私「ご飯は食べたの？」
母「あるかいな。メリケン粉練ってだんごにして、大根やら芋やらと炊いて食べとった」
……美味かったかなと訊くと、
母「それが庭で作る芋やけん、全然美味くないの。それでも何とも思わんかった。みんながそうやったけん。むしろ私らは田舎（宇和島や吉田）から芋の粉なんか送ってもろうとったから、ええ方やったんよ」
これ前にも聞いたことあったなあ。「晩は？」
母「ご飯は少しだけ食べたけど、晩も大根やら野菜を炊いたものばかりよ」
要するに米がなかった時代なのです。
粗衣粗食が普通であった時代を生き抜いてきて、それでも今日まで元気でいられることは、やはり昔の人は身体の作りが違うのかしら。

ものが満ちあふれ、美食飽食の現代人。もう昔のように耐えたり我慢することも少なくなってきたが、せめて「知足」の心だけは持ちたいものである。

令和元年8月23日

✧9時過ぎに起きて来たがまだ足をひこずっている。表情も辛そうである。
「昨日はイヤな夢見てからなあ」とノブちゃん。足の痛みだけではなさそうである。「父ちゃんのお妾さんが出てきて、私を家から追い出して、行く所がない夢」「どの父ちゃん？」「今の父ちゃんよ」「武之さんかな」「そうよ」そこで私と妹は大笑い。
恵子「それは絶対ないわ。２００パーセントあり得ないことよ」
私「それにしても変な夢よく見るなあ。前は知らない人にさらわれて、帰り道が分からなくなったとか。僕らもいまだに仕事の夢見るよ。それも納期が間に合わないとか、紙がないとか悪い夢ばかり」
母「あんたらも見るかな」
恵子「みーんな見らいや」

ノブちゃん、そうかなと言ってちょっと安心したようである。

令和元年9月6日

✧ノブちゃん、今日は機嫌が良いのか私が城山散歩から帰って来ると洗濯をしていた。「今日は大丈夫かな?」「うん、ええよ。ちょっとしんどいだけ」

それから食事を済ますと、テレビの前で横になっていた。私が洗濯物を干していた時、突然に妹の「兄ちゃん、兄ちゃん! きてや」という叫び声に近い声。母が殆ど気を失った状態で、呼び掛けても応答しない。顔色も白っぽい黄色で、大きなあくびを2度ほどしたが、意識がない状態、急ぎ救急車を呼んだ。車のなかで救急隊員の方の問いかけに何とか応えているので、すこし安心はしたが。市立宇和島病院に運ばれて救急室で手当。1時間ほど待っただろうか。面会が許されて部屋のなかに入って行くと、案外元気そうな笑顔が見えた。妻も来ていたのでいろいろ話していた時「お母さんは元気かな?」自分がベッドに寝ながら、妻のお母さんの心配をしている。気丈な101歳である。病床が満室だったのでHCUのベッドに入れてもらうことになった。その部屋に移る時、「歩いて行けるよ」と言われましたよと看護師さん。こんなしっかりした101歳は見たことないとも言われた。

入院道具を揃えて昼からもう一度行く。急を聞きつけた久美子が松山から帰ってくれた。惠子が動転して娘や旦那にまで電話したものだから、皆が帰って来ると言う。母も大分元気を取り戻していたので、15分しか見舞いできない部屋に1時間近くもいたのではなかろうか、時には大きな笑い声まで出して。隣とかには重篤な患者さんたちがいたのに、ちょっと不謹慎であったと反省。検査が来週火曜日、ノブちゃんは「歩いて帰れるよ」とも言った。みんな大笑い。

令和元年9月10日

✧今日が検査の日。10時に来てくれということだったので病院には10時前に着いた。なぜか母、不安げで弱気な表情。カテーテルを通して造影剤を注入して心臓辺りのレントゲン検査。血管も弱っているだろうから、その辺を心配していたら、母は手術をするものだと思っていたようだ。昨日は「まな板の上の鯉よ」と笑っていたが、現実のその日が来ると相当な不安に襲われたらしい。

「胸を切るんやろう?」と言うので、「切るんやないので、血管に管入れてレントゲンを撮るだけよ」「切るんやないのかな？」「胸も腹も、何処も切るんやないの。だから安心して」私と元看護師の妻と二人で何度も言い聞かせて、「ほんなら少し安心やなあ。切るもんばかりと思っていたわ」と、どうやら納得してくれた。急患さんが入って時間が延びて11時30分からの検査。こちらも少し心配していたが、ほんの20分ほどで検査も終了した。思ったより短かったので本人に「どうやった？」と訊くと「痛かった」と言った。「それでも本式にやってもろたんで安心したわい」

若い女医さんから説明を受けた。心臓から出ている3本の血管で、2本は何ともなく1本だけ少し細い所があるけど、手術するほどではないという。薬を飲んでいたら治るので、3度3度きっちりと薬を続けたら大丈夫やから、とのこと。そのせいか、今まで日に2～3度は胸が痛いと言っていたのが、入院してからは1回も痛みを口にしてない。更にこの木曜日か金曜日には退院してくださいと言われた。そんなに早く退院できるなんて予想外である。8月に転んで思うように歩けなくなっていた上、数日間寝たきりなので、少し歩くリハビリをやってもらいたいとお願いしたが、ここは救急病院だからできないと断られた。

「では転院を希望されますか？」

……えっ、それは可能なんだと希望が持ててきた。私も母を抱えて日に何回もトイレに連れて行くことはできない。相談して決めますと伝えた。

病床へ帰るとき「ご飯は左手で食べんといけんなあ」右手首から管を通したので明朝までは右手が使えないのです。こんな状態のときご飯の心配をするって、みんなの顔から安堵の笑顔が漏れました。昼食が用意されていたのですが「今は食べとうない」と言って食べなかった。副食は何かよく分からなかったが、お椀からレンゲの柄が何本も出ていたので不思議に思ってふたを開けてみると、レンゲの一つ一つに1口で食べられるように菜が載っていた。これなら左手1本で十分だ。さすが市立、よく考えてあると感心した。

令和元年9月11日

✧11時面会時間に行くと眠っていた。声を掛けると「もう何時ゾナ?」と聞くので、「朝の11時よ」と言うと「そうかな、よう寝たな」「寝とくのがええのよ、検査で疲れとるのやから」「そうやな」と言う顔がすっきりしていて、病人とは思えないくらいだ。家にいたときよりむしろ体調が良さそうな感じなのです。そこでリハビリのために転院を勧めると「そうやなあ、そうしたほうがええわいなあ」と言って納得してくれたので、早速その旨を看護師さんに伝えた。午後からは４人部屋の集中治療室から出て、一般病棟に移るという。たった15分の面会時間はすぐに過ぎてしまいます。本来、もっと重篤な人のための病床ですから、それも当然のことなんですけどね。

令和元年9月16日　敬老の日

✧頼まれていたメモ帳を持って行っていた。ノブちゃんはメモ魔なのである。本日の頁に「敬老の日のお祝いに赤飯がでた」と書いてある。「美味かったかな?」と訊くと「美味しかったよ」。「よかったなあ、僕はスイカを持って来たよ」「ほんなら食べようか」と言って「……甘くて美味しいわ」「敬老の日やからなあ」「ありがとう」……気分は良さそうであるが、まだ歩きが完全ではない。

「少しは歩けるようになったかな?」

「トイレくらいまでは歩けるよ。近いからなあ。外も歩いたんで」

と、誇らしげに言う。自分では歩行器を使わずに歩いたと言ったが、早く家に帰りたいためと、多分見栄を張ったのだと思う。まだ、そんなに歩けるはずがないのである。

「帰ってから前みたいに普通に動けるように社保（ジェイコー）でリハビリを少ししてか

ら帰った方がええわい」「そうやな」「しばらく動いてないからリハビリしたら前よりも良くなって帰れるよ。もう少しの辛抱やから、頑張りさいや」「そうやなあ」……少しは納得してくれたように思う。それからいつものように40分ほど肩をもんでから帰った。

令和元年9月19日

✧相変わらずの状況。もう胸の痛みはなくなったが、転けたときの痛みはまだ治っていないようだ。トイレには歩行器なしで行くと言う。「さっきもアッチの方まで歩いてきたよ」「歩行器なしでかな？」「ウン、なしでよ」「ホントかな？」「今から歩いてこうか」と、勝ち気というのか負けず嫌いというのか。

隣のベッドにはかなり重篤らしいご夫人がいらっしゃる様子です。マッサージをしてやっているとき、カーテンの隙間からちらっと覗いた顔を見て、「うちより大分若いのになあ……」。「あんたより年上の人はここにはおらんよ」と言いたかったけど、不謹慎なので肩を軽く叩いて制した。

令和元年9月21日

✧最近ノブちゃんの顔に精気がなくなっている。窓側ではないのでベッドは薄暗く健康的とは言えない。外からの刺激もないのでこのままいたらボケ症状が進んでくるような気がしている。土、日、祝日はたった20分間のリハビリも行われない。ジェイコーに転院の手続きをしており、現在はベッドが空くのを待っている状況である。妹もかすかな異変を感じ始めたので相談して退院さすことにした。師長さんに話してみると、休み明け（24日）に先生に相談してみますとのことだった。元々、9月13日に退院してもいいと言われていたのを、リハビリのためおらしてもらったのだから問題はないと思う。

「もうここも飽きたやろ、退院するかな？　家の方がええやろ」

すると思いがけず「ここもええよ、嫌やないよ」ときた。「帰ったらあんたがしんどくないかな」ああ、私のためを思っていたのか。

「食べるものは美味しいかな」「美味しく食べとるよ。毎日御馳走食べさしてもらって」病院食が美味しいって……、普段私はどんなものを食わしているんだろう。チョット自信をなくしてしまった。最近までここに入院していた友人のM君は、「食べるものがまずくて、早よ出たい」と何回も訴えていたのと大違いだ。……実際、後で妹に語った所では

「美味しない」と言っていたそうだ。それが本当で本音であってほしい。

令和元年9月25日

✧今日が退院の日です。10時前に市立病院に入って、荷物を片付け精算を済ませて、さあ駐車場まで行こうかというとき、「私、歩いて行こうか？」とまたとっ拍子も無い事を言う。「何言うとるの。まだまともに歩けんのに。転けでもしたら今度はずーっと歩けんようになるで」そうかなと言って大人しく車椅子に座った。もっと嬉しがるかと思っていたけど、少し名残惜しそうな顔をしている。

「ここの方がええかな？」「家もいいよ」エッ、「も」って。どういう事かいな。

家に着くと「ああ、やっぱり家は落ち着くなァ」当たり前です。

令和元年10月20日

✧日曜日。パフィオで名作映画特集が上映されるので観に行く。出かける前にはノブちゃんも何ともない様子だったので、もしなんかあれば電話をくれるようにと言って出かけたのが午前10時頃。1本目は間に合わないので11時過ぎから始まる『野菊の如き君なりき』から『二十四の瞳』『喜びも悲しみも幾年月』の3本を観て、スーパーで寿司を買って帰ったのが午後7時過ぎ。

「ご飯食べたかな？」「うん、食べたよ」「うどんあったけど、全然減ってないみたいやけど、ほんとに食べたん？」「ちゃんと食べたよ、お椀についでくれたやないの」「僕いなかったのに、誰がついでくれたの？」「うーん、でもほんとに食べたよ」どうも様子がおかしい。

「薬も飲んだかな？」……「よその薬のんだ」「よそのくすり？……」

「ちょっと胸が痛かったので当番の医者に診てもらった」なんと！

「ひとりで行ったのかな？」「タクシーに来てもらって行った」いつもの近くの病院へ行ったが、日曜で休みだったので、タクシーの運転手さんが気を利かして日曜当番医の所へ連れて行ってくれたのです。

「よう独りで行ったなあ」「うん、何ともなかったよ。夜に痛うなったらいけんけん、行って来たんよ」

「もう治ったのかな？」「うんようなった。先生は何処も悪い所は無いゆうとった」

看護師さんもよう独りで来たなあと言っておどろいていたそうだ。嗚呼、やはり独りにしておくのは無理なのかなあと思った。

令和元年10月23日

✧茨城に住んでいる孫（兄の子供）が、子供連れで一家４人来てくれた。一時調子が悪かったので次の機会にと言っていたが、大丈夫だとノブちゃんが言い張るものだから来てもらった次第。

２人の曾孫の顔を見るや、ノブちゃんの顔が何とも言えない笑顔になる。自分の体調も忘れて仕切りに相手をしている。見かねて「ええかげんにしておかんと、また疲れて寝ないけんようになるで」と注意をする始末。孫や曾孫の顔は薬以上に元気になる源かもしれない。

その晩は「すしえもん」の寿司を取って、妹と私の妻も入って７人での小宴会となる。ノブちゃん、

ビールをコップ1杯ほど飲んだ。元々、酒は嫌いな方ではないが、昔人間、特に女の人は自分からがばがば飲むような人はいません。

翌日には孫達は帰って行った。

前の道路まで見送りに出てノブちゃん、「また来てやんさいや」と、車の後ろ姿にいつまでも手を振っていました。

令和元年11月25日

✧明け方の4時前にノブちゃん、トイレに立つ音。が、気配が異常である。ベッドから降りたはいいが、その後に何やら蠢いているという感じ。起きて行くと、床に蹲っていて、立つことさえままならない状態です。抱え込む格好で5歩くらいの距離をやっとのことで連れて行きトイレで用を足す。新しい紙パンツをはかせてベッドまで連れて帰り寝させた。ベッド脇のカーペットが濡れている。漏らしたようだ。ティッシュペーパーで丁寧に拭き取って風呂場へ持って行き、タライに入れておいた。

その日はさすがに起きてくるのが遅く、朝昼の食事もろくに摂らないまま、トイレに2度ほど立っただけで、後は夕食まで布団の中。病院は明日連れて行くことにした。簡易トイレもベッドのすぐ横まで持って来て、手すりになるようにと椅子や衣装ケースでトイレの周りを囲む。視界も遮られて、何とか形になった。

その晩は横に置いたトイレを忘れて前の所に行こうとしたり、紙がなかったりで多少の問題はあったが、何とか無事過ごすことができた。

令和元年11月26日

✧朝起きるのが遅めであったので、昼からかかりつけのH医院に行く。症状的に診て、重篤ではないようだが念のため脳神経クリニックに行くように言われ、頭部のＭＲＩを撮ってもらうことになる。そこでは「隠れ脳梗塞は見られるが新たな脳梗塞の症状はない。海馬の曇りも少ないし１０１歳にしては上等の脳の状態だ」と言われた。ＭＲＩを撮る時「脳みそを撮りましょう、脳みそを」と、まるで麦味噌か赤味噌と同じような感じの響きに聞こえたのが気になった。またここで先生に「歩いてみなさい」と言われて、ノブちゃんなんと2メートルほど歩く。先生も首を傾げるほど。火事場の馬鹿力みたいに、肝心な時に異常な力を発揮する。逆効果なのだがノブちゃんの負けん気魂にはいつも困惑させられる。

再び H 医院にとって返し、結果を見て西上先生もどうしたものかと悩み顔です。脳神経クリニックでも薬を出してもらったので、こちらでの甲状腺、高脂血症の薬は一時休止しましょうということになりました。

ノブちゃんも脳梗塞のことが気になっていたようで、私は「新しい脳梗塞の兆候は見られないので大丈夫」と何遍も説明することとなる。4回ほど説明したらやっと納得したようでした。

これを機会に介護支援を受けることにしました。幸いこの夏に要介護1の判定を受けたので、支援してもらう幅も広がります。こんな時、同級生は有り難いですね。3人の同級生から電話をもらい、色々と知恵を借りてもらいました。ケアマネをまず決めなければならないということで、こちらは義母がお世話になっている人に依頼。詳細は明後日、そのケアマネと相談することとなりました。

令和元年11月27日

✧ノブちゃん、10時前に起きて来た。昨日よりはましというものの、1人で歩くのはまだ無理のようです。パンと珈琲牛乳を用意して食べさす。私が片付けようとすると「私が洗うから」「何言ってるの、立つこともままならないのに無理やがな。転けたらどうするの」声を荒げる。「そうかな、そんなら甘えろか」「当然やがな」「すまんなア」「いつも言ってるやろ、もう病人と同じなんやから、子供のいうことはよう聞きなさい」……実際このやり取りはいつものことなんです。

事務所で仕事をしていると居間で物音がする、飛んで行くとノブちゃんが障子にもたれて立ちすくんでいる。「なにをするの?」「仏さんのお花の水を換えようと思って」「歩きもできんのに、僕がやるから座っときさい」「暇やったから」「転けたらどうするんぞな」何回言っても懲りない人である。

令和元年11月28日

✧義母がお世話になっているケアマネージャーに来てもらった。この夏から要支援2から要介護1にランクが上がったため、何でも頼めるのかと思ったがそうでもない。本人の身体についてのみの介護で、風呂とかトイレの手助けなどであって、例えば掃除とか炊事はその中に入っていない。同居人の私がいるからなのです。

それで週2回、水曜日と土曜日に風呂に入れてもらう事にした。冬だからあまり入らなくて良いと本人は言う。風呂だけは私ではどうする事もできない。

それとベッドの横に簡易トイレを設置。今までは部屋横の廊下の隅に個室のように作ってやっていたのですが、そこまでの3メートル余りの距離が、足が衰えてきたために、困難になってきたのです。ベッド横なら、2〜3歩の移動で済むのです。障子戸を二つに切って衝立のように囲みを作り、外から見えないようにもしました。ただ、その隣で私が寝るのですから、用を足す都度、私は目が覚める事になります。ま、これは今まで母がトイレに立つ音で目が覚めていたので同じことではありますが。

令和2年1月1日

✧新年も何とかノブちゃん元気でいられます。元旦は少し遅めの雑煮でお祝いをしました。帰省している兄と私とノブちゃん3人で屠蘇を頂きます。ノブちゃん、お猪口に2杯だけ飲みました。今年は田作りと蕪と人参の酢の物にも挑戦して、チョット様になったお重になりました。

昼からは妹夫婦と孫2人も来てくれて、母にとっては嬉しい正月です。

孫達には母手づくりの包み紙で作った封筒でお年玉を渡していました。孫達ももう30近くになるのですが、いつも手づくりの封筒が可愛らしいと言って喜んでくれます。母も大満足です。誕生日の12日には2人とも帰省できないので、誕生祝いもかねての宴会となります。友人がくれた50センチの鯛の刺身も私がこしらえたものです。

令和2年1月12日

✧102歳の誕生日。私は朝から大忙し。栗の皮むいて赤飯炊いて、天婦羅揚げるのに5時間ほどかかってしまいました。妹夫婦も大きなケーキを持って来てくれました。102本ものローソクはありませんが、並べた数本のローソクに火をつ

け、その火を消すのにノブちゃん、まるで仏壇の線香の火を消すように手の甲を払って消すのには、みんな大笑い。私は17本のバラの花束。孫2人からもそれぞれ花が届きました。ノブちゃん久し振りにビールを飲む。それでも小さなグラスに一杯半。……「あぁーおいし。みんなで飲むとおいしいなぁ」と。ノブちゃん、久し振りに身体の柔らかさを披露。まだまだ、前屈して手のひらが畳に付きます。この柔らかさのお陰で、去年8月に転けた時も骨折はしなかったのでしょう。でも未だに右脚の状態が悪く、足をひこずりながら歩く姿はやはり可哀想です。

母「もう来年はできんやろうなぁ」

私「去年も同じ事言っていたで。まだまだ大丈夫よ」

令和2年4月24日

✧中国の武漢から発生した「新型コロナウイルス」が、今や全世界に広がり、死者も何万人と出て、未だに終焉の兆しが見えない。日本全国では「緊急事態宣言」が出されて、大変な状況になっている。もうすぐゴールデンウイークとなるのに、都知事は「ステイホーム週間」にして下さいと、感染拡大阻止に必死の訴えを行っている。経済的な打撃は相当なもので、世界恐慌を上回るとも言われている。

幸いこの地ではまだ感染者は出ていない。隣町の愛南や鬼北町には感染者が出ているので、こちらとしても気が気でない。先日、ノブちゃんを掛かり付けの病院に連れて行ったが、熱のある人が来ていたので早々に帰らされた。年寄りにうつると命の危険が生じるためだ。

最近は「しんどい」と言うことが多くなって、歩くのも困難な状態なので、コタツに入って横になってテレビをみているばかりである。朝は食パン3分の2に好きなピーナッツバターをつけて、飲み物はコーヒーを入れた牛乳を温めて飲む。

殆どは私が用意してやる。それが9時頃だったり11時頃だったり。時に昼まで起きてこなくて朝ヌキになったり。そんなことだから、昼食は摂る時もほんの少し。晩ご飯は以前ほどにはないが普通に頂いている。

そして今日の晩、身体がしんどいと言うので、9時前に床に就かせた。それからマッサージを40分くらいしてやり、その間寝ていたのか仰向けにした時、

「もう、みんな亡くなってしもうたなあ。あんたと私とかずおちゃん3人だけや」

(あんたとかずおちゃんは同一人物だから2人のはずだが？　それにしても亡くなってしもうたとは？)……

「誰も死んではおらんよ。恵子もよっちゃんも、Iさんも元気で居るよ」

「そうかな。Iさんに電話したかなあ？」話が分からなくなってきているので、睡眠剤を飲まして寝かしつけた。

が、1時間もすると起きだしてきて、台所でガサゴソとやっている。

「何してるの？」……「眠れんから卵酒飲もうと思って」「じゃあ、僕が作ってやるよ」と言ったのに、自分で作ると言って、マグカップに卵を落とし、砂糖と酒を入れてかき回している。いつもは小さな鍋で作るのに、作り方を忘れてしまったのだろうか。2分ほどチンしてやって、ベッドまで持って帰りそこで飲んだ。

「ああ、美味し。3分の1も飲めば十分だから」

と言って横になった。それからは眠れたようだが、時間はいつものように11時を過ぎていた。

令和2年5月25日

✧朝の散歩も日曜日は丸山公園を通って帰ってくるので、いつもより30分ほど遅く家に着くことになる。帰ってくるとなんと、テーブルの上に朝食の用意がされていた。ゆで卵にマヨネーズを混ぜてサンドイッチにしてくれている。食事に関しては殆ど私の役割なので、ノブちゃんが作るのはもう何年ぶりのことだろう。サンドイッチにはご愛嬌に卵の殻まで入っている。

今日は体調も良かったのだろう。昼からは前の道路を30メートルほど往復した。勿論、多少は私も介添えしていますが。調子に乗りすぎたせいか、あとはしんどくなったようで、昼夜の食事もほとんど摂らず、9時過ぎには「しんどいからもう寝るわ」と言って、床に就いた。

ところが11時過ぎに起き出してきて、「お寿司を作らんといけんけん、具はどこにあったかなあ?」とか言い出した。夢でも見たのか。ボケたのか。あれこれとごまかして寝かしつけるのに一苦労。そういえば何かというとお寿司を作っていたなあ。また

その味は絶品で親戚でも評判だった。近々、寿司でも作ってやるか。

令和2年7月21日

✧ノブちゃん、うなぎは特別好物というほどではない。むしろ穴子の方が好みで、穴子入りの寿司が大の好物。が、今日は土用の丑の日。夕食にうなぎの寿司を2種類買ってきた。食事が始まると突然、「ううっっ、クー……」とハンカチで口元を押さえたので、急に体調を崩したのかと思って慌てた。帰り支度をしていた妹も飛んできて、

「どうしたん？」と心配そうに覗き込むと、

「あんたらが良くしてくれるけん嬉しゅうて、涙が出るわ」

すかさず妹が「何言うとるの。今まで母ちゃんが良くしてくれたけんよ」。

「そうそう、今までの恩返しみたいなもんよ」と私。

感激の涙で我々は一安心した。妹は仏壇に百合と菊の花を添えていたのであった。

令和2年8月2日

✧恐れていたことが起こった。日曜日なのでいつもより遅めに帰ってくると、異変を感じ

た。ノブちゃん、パジャマのズボンは脱いだままで座敷の絨毯を雑巾掛けしている。ポータブルトイレの中身をひっくり返したのだ。あれだけ止めていたのにやってしまった。

「僕がするからしさんな言うとったやろ。これがあるから心配しとったのよ」

「これぐらいできると思って……。もうせんわい……」

「そう、それでいいの。１００歳も超えてできる人はおらんのやけん」

「うん、わかった……」

可哀想なくらいしょげてしまった。

トイレットペーパーまるまる2個、除菌シート1袋を使い、扇風機はずーっと回しっぱなしで何とかおさまった。これが災いしたのか、体調が悪くなって昼食も抜き、胸がむかつくと言って、洗面器を用意する始末に。自分の衰えを実感し、精神的にも参ってしまったのでしょう。連日33度を超す暑さ。これからますます難しくなってくるようです。

令和2年8月4日
✧今朝お城から帰ってくると障子が開いている。ノブちゃん、まだ起きる時間には少し早い。ベッドで逆さになって眠っていた。お腹が上下しているので生きていることは確信。

ベランダの方に簡易トイレのバケツが出してある。一昨日あれだけの失敗をして、食事もできないほど落ち込んで、「もうせん（しない）」と言い切っていたにもかかわらず後始末をしようとしていた。30分ほどしたら目を覚ましてきたので、

私「もうしたらいけん言うとったやろ」

母「……はあ……」

まだ頭ははっきりとはしていない様子。

私「もう絶対後片付けはしたらいけんで。一昨日えらいことになったやろがな」

母「はい……」

とは頷いたものの、これはダメだ。またやるだろうと思った。

私に片付けさせるのが気の毒だという思いが強いのと、自分ならまだできるという自負があり、一昨日の失敗や１０２歳という年齢や体の衰えなどは、もう記憶の中には残っていないのだろうから。

令和2年8月7日

✧ノブちゃん、連日33度を超える暑さに参っていて食欲がない。今日は妹の誕生日なので、

ノブちゃん直伝のばら寿司でも作ってやろう。お城から帰ってきて取り掛かり、ちょうどお昼のご飯には間に合った。我ながら上出来の味。ノブちゃんも「おいしい、おいしい」と言って、食欲がないからあまりいらんと言っていたにもかかわらず、もう一口とお代わりを言うくらいでした。

食べている途中、カラカラと箸でお皿をつつく音。

「何しよるの？」……「これ摘もうと思ったら、絵かな」

お皿に描いてある梅の木を摘もうとしていたのである。

妹と二人で大笑い。茶色いからお寿司の具に見えたようです。

「さすがにそれは食べられんで」

令和2年8月10日

✧居間に入っていくとテーブルの上に、新聞紙とチラシを筒状にしたものが置いてある。

「これなんやろ？」と聞くと、

「そこらのモンを取ろうとして作ったんやけど、だんだん向こうに行って遠なった」

ビデオや電灯のリモコンを近くに引き寄せようとしたがうまくいかず、押す形となってより遠くになってしまったということです。

それからしばらく経って、私「テレビのリモコン知らんかな？」

母「アッ、階段のところに置いたように思う」

私「なんでそんなところに？」

母「持って行ったような気がする……」

が、捜しても見当たらない。テーブルの周りは勿論のこと、トイレや玄関にも見当たらない。もしかしてと思い、新聞紙を丸めた物を見てみると……有った。

紙だけでは弱いので、テレビのリモコンを芯にして巻いてあったのです。

恵子「知恵だけはすごいなあ」と、またまた大笑い。

令和2年8月13日

✧お盆です。８時には起き出してきて……、

「今日はなんかおかしい。体が動かん。昨日はこんなことなかったのに」

……いえいえ、昨日は立ち上がることもできなかったほど足がグニャグニャで、これは

薬のせいではないかと思って、毎日飲んでいる睡眠薬の代わりに市販の栄養剤を睡眠薬と偽って飲ませたせいか、幾分昨日よりはマシに見えます。

早速、初盆の親戚に行かないけん、お寺にお参りに行かないけんと言い出す。もうその状態では無理やけん、僕が行ってくらいと言っても、1時間おきくらいに同じことを繰り返してくれる。しまいには、和尚さんのお布施を用意せないけんとも言い出す。

「昨日和尚さんは来てくれて、ちゃんと仏様を拝んでくれて、お布施も渡しとったよ」

「ええっ、そうやったかなあ。早忘れてしもうた」……。

それから初めて私一人で吉田のお墓にお花を持って行った。あの坂はもう母には無理である。春の彼岸には歩けたのですが。

昼から妹が来てくれて、親戚の初盆見舞いに代わりに行ってきたことを伝えた。

お供物も妹と母と二人で用意したものだった。

恵子「お昼はちゃんと食べたかな」

母「食べたよ。なんでも美味しく食べられるから」

恵子「それが一番ええええわい。食べんと長生きできんで」

母「もう十分長生きしとるで。あっ、そういえば昨日なんでも食べる人の夢を見たわ」

恵子「どんな夢？」
母「それがその人死ぬるんよ」
恵子「変な夢やなあ。その人誰やったん？」
母「私よ」と、なぜか得意げな顔で言う。
恵子・私「エーッ、自分が死ぬる夢かな」……二人で大笑い。
恵子「ええわい、自分が死ぬ夢を見る人は長生きする言うけん」
母「もう十分長生きしとるで」

令和2年9月18日

✧午前4時10分頃。ノブちゃんが起きてゴソゴソしている気配で目が覚めた。冷蔵庫から氷を何かに入れる音がしている。そしてトイレのドアの音。心配しながら様子をうかがっているが大事なさそうである。

……が、しばらくしても帰ってこない。そーっとトイレを覗いてみると、なんと、手洗いの水を出しながら、手洗いに手を入れて立ったまま、絶妙なバランスを保って眠っているではないか。

私「大丈夫かな」、母「……もう帰るけん……」。トイレにいるということはわかっているのかな。私「さあ、帰って寝るで」。

腿くらいまでしか上げていないズボンを引きずっているので、ズボンを引き上げたりしながら、抱えるようにしてベッドまで連れて行った。

ベッドに倒れ込むようにして寝かしつけると、すぐに大いびきをかいて眠りだした。それにしてももし、もう少し時間を置いていたら足から崩れ落ち、取り返しのつかないことになるところだった。

昼食時、この話をしたが当然、本人は何も覚えていない。

恵子「私やったら全然気がつかんけん、今頃死んどったかもしれんで」

令和2年11月11日

✧午前1時20分頃。ドタッという大きな音で飛び起きた。

「しまった！　また倒れたか……」

慌ててトイレに行って見ると、その中で膝を曲げて横になったままの姿でいる。

「大丈夫かな！」「ちょっとこけてしもうて……」「どこか打ってないかな」

大丈夫という声も力なく、まだ眠りの続きのようで朦朧としている。全身の力が抜けているので、起こそうにも重くて仕方がない。ようやくベッドまで運び寝かせると、ちょうど額の真ん中に五百円玉くらいのたんこぶが出来ている。幸いにも出血はないようだ。

「痛いことないかな？」「なんともない」と、眠りの続きの中でつぶやいたので安心したが、冷やせば良いと思って冷えピタを貼っておいた。何事もなかったようにすぐさまスヤスヤと眠りに就いた。

10時過ぎに起きてきたので「頭はなんともないかな？」「うん、なんともないよ」「夜中にトイレでこけたの覚えているかな」……本人は何も覚えていなかった。おでこの大きなコブが証拠なのだけれども。

令和2年12月19日

✧買い物に出ている時、妹から電話が入った。

「母ちゃんが胸が苦しい言うので、救急車を呼んだ。私が連れて行こうとしたけど、重くてどうしようもなかったので」……

そういえば昨日も胸が痛いから医者へ連れて行ってと言うていた。が、ちょうどその時、前の道路が水道管取り換え工事のため、車がどうしても入れない状態だった。小一時間したら痛みも治まったのでそのままにしておいたけれど、その症状が再発したのだった。

とって返したらまだ救急車が待機していて、搬入先の病院を探しているところだった。コロナのせいで受け入れが難しいのかもしれない。結局掛かり付け医のH医院に決まった。すぐ近くだし、母も安心できていい。

先生に診てもらったが、特段に悪いところはない。心臓も「私よりいいくらい」と先生がおっしゃる。前に同様の痛みで日曜当番医に行った時と同じで、逆流性食道炎のような症状ではないかと言われる。そういえば、胸の痛みも治まったので、ここ3週間ほどその薬を止めていた。20～30分もすると症状も治まり、家に連れて帰る。

ご近所の人たちにも心配をかけてしまった。もう直ぐ103歳になるので当然皆さんは命に関わる状態を連想されたに違いない。

夕方になって「お腹空かんかな？　……なんか食べられるかな？」と聞くと、何事もなかったような顔で「なんでも食べられるで」という。

なんだこの強さは、生命力は。あの救急騒ぎは何事だったのかと思うくらいである。

令和3年1月12日

✧今日は母103歳の誕生日。例年のごとくバラの花束を贈る。今年は真紅のバラ18本。いつも大阪のゆう子から花束が送られてくるのだが、まだ着いていない。おそらく明日来るのだろう。

妻が「お母さん、幾つになったの?」と聞くと、「えーと、113歳かなあ」「ええっ、113やったら新聞に載るで」と、私が言うと、少し考えて「103かなあ」「そう、大当たり。103歳ですよ」「よう長生きしたもんやなあ」「まだまだ、10年は生きなあかんで」「もうこんだけ生きたら十分よ」……そしてみんなが大笑い。私手作りのばら寿司をご馳走した。

令和3年3月26日

✧今年は桜が例年より1週間ほど早く咲き始めた。全国的なものだから、地球温暖化がますます進んでいるように思える。丸山公園の桜も満開を迎えているので、母を花見に連れて行こうと思っていたら、「今日は頭が痛いけん」と言って、コタツで横になっている。諦めて買い物に出かけた。3時間ほどして帰ってくると、「お花見に行ってきます」という妹のメモが玄関に置いてある。な～んだ、頭痛はもう治ったのかと、一安心。年寄りの体調管理は難しい。

令和3年6月4日

✧朝から梅雨らしく、しとしとと雨である。ノブちゃん今朝は珍しく遅い11時半頃に起きてきた。それから顔を洗って電気コタツに入る。まだ布団が掛けてある。この布団がなくなるのは6月も半ば過ぎた頃だろう。

そしておもむろに語りだす。

「今朝は変な夢を見た。弔辞を読んでいる夢」、私「誰の弔辞よ」

母「自分のよ」

……自分で自分の弔辞を読むとは、大笑いする。

母「それがよくできているのよ、近所の人に大変お世話になりましたいうて。今のうちに書いとかないけん」

まさか自分の葬式に自分で弔辞を読むつもりでいる。

令和3年6月16日

✧最近は足が弱くなってきているが、今日は特別。立ち上がろうとするがどうしても立てない。私が後ろから抱えあげるようにしてやっと立てるような有様。歩きもヨロヨロして危なっかしくて、つたい歩きもできない。全く足に力が入らないのです。

午後からヘルパーさんに来てもらって、お湯に入れてもらう日ですが、今日はざっと体を流す程度にしてもらいました。いつも測ってもらう血圧も体温も正常で、他は何も悪いところはないのですが、体を支えることが難しい状態。前にもこんな時があり、薬のせいかと思って、先生と相談して最小限の薬にしてもらった覚えがあります。血圧と胸焼けの薬各1錠、それに寝る前の睡眠剤1錠。今もそれだけですが、まるで麻痺を起こしてしまった感じ。

「最近は歩かんけん、足が弱おうなって」が口癖だが、今日のは別。

「天気のせいもあるのやろう」確かに梅雨どきの不安定な天気で、寒暖の差も影響してるのかもしれない。医者に行ってもおそらくわからないだろう。今日は早めに寝ると言って、10時に床に就いた。これでも早くはないですけど。

令和3年6月18日

✧一昨日からノブちゃん、膝の痛みが続いており、立ち上がるのも歩くのも難儀な状態。今日もしんどさが続いており、やっとこさと歩いている状態。

「今日は早めに寝らい」というので、10時半頃からベッドで約30分マッサージをしてやる。「ああ、気持ち良うなった。これでよく寝られらい」。

それから10分ほどするとゴソゴソ起き出してトイレに行く。えっ、さっき行ったばかりなのに。足音が割とスムーズなので少し安心していると、間もなく帰ってくる。障子のところまで来ると、急にトトトトと小走り風な足音に変わって、ソファーのところへブッ転ける音。幸い干そうと思って置いてあったコタツ布団の上に倒れ込んでいた。

「ちょっと足が絡まってしもうて……」「怪我はないかな?」「どうちゃなってない」……寝る前に飲んだ睡眠薬が効きすぎたのか、それからベッドまで連れて行くのに、どうしても足が動かない。ほんの3メートルくらいの距離、朦朧とした体を抱えながら連れて行く。畳に膝をつき、ベッドに上体を預けたまま居眠り状態となった。なんとか横たえさせたが、本人はピクリとも動かず熟睡。これで安心して眠れるか……。

午前1時5分。ベッドで足をどんどんとする音。そして起き上がり、横のポータブルトイレへ移動。用を足した後、また便座にどてっと座り込む音。こりゃあ危険だと跳ね起きた。介添えをして手洗い用に置いてあるバケツで手を洗わせて、ベッドへ寝かす。「ありがとう」というから、途切れ途切れでも意識はあるのだ。そしてすぐに熟睡状態。それにしてもトイレの回数が多くなったようだ。おかげで私は熟睡することがない。

令和3年7月2日

✧夜中1時過ぎ、トイレから帰ってこない。不安を感じて行ってみるとトイレのドアのところに座り込んで立ち上がれない。たかが40キログラムぐらいの体でも、力が抜けきった人間の体はそう簡単に動かすことができない。折りたたみの老人車になんとか腰をかけさせて、後ろ向きにベッドまで引っ張っていった。ベッドに横たえさせるのも一苦労。頭と足が反対になってしまったが、無理な動かし方ができないのでそのまま寝かせてしまった。どのみち明日になったら全て忘れているのだからこれでいい。幸い夏だから風邪も引かぬだろう。

令和3年7月4日(日)

✧ちょうどお昼頃、朝昼兼用のパンと牛乳を食べた後、ノブちゃん「胸が苦しい……痛い……病院へ連れて行ってや」と苦しそうに訴える。普段、自分から病院へ行くということのない人であるので、よほど苦しいに違いない。「今日は日曜で、H先生とこは休みやから市立へ行こうや」

それから車で病院まで。待合室には5~6人の人がおられたが、すぐに治療室へ運ばれて血圧、心電図やらを取られて点滴を受けていた。

1時間半ほどして出てきた。左腕は点滴が漏れたのか、大きく紫斑ができていたが、顔は落ち着いた顔になっていた。血圧も心電図も、数値的には全然心配の必要がないという。もう原因は超高齢というほかはないのだろう。

家に着いたら「落ち着いたらお腹が減った」という。「アイスクリームでも食べるかな?」……「ああ、おいし」という顔が、今まで何だったのだろうかと思うほど、やわらかな仏さまの微笑みのようでした。

令和3年8月18日

✧ここのところもう1週間以上も、まるで梅雨のような雨続き。線状降水帯の影響で、日本各地、特に九州や広島で洪水や土砂崩れの被害が出ている。宇和島でも警戒レベル4の放送が頻繁に流れたが、幸いにも被害は出ていないようだ。

真夏に太陽を見ない日がこんなにも続くということは、やはり地球の気候はおかしくなってきている。

ノブちゃん今日も早く寝るというので、30分ほどベッドでマッサージをしてやる。それでも午後11時である。深夜、1時過ぎ。トイレに立つ音。しばらくして何やら話し声が聞こえてきたのでトイレのそばまで行ってみると、トイレの電気が消えて真っ暗なのである。その中で「誰が電気消したんやろ。暗くてわからん……」とか、ブツブツ言っているのである。廊下の明かりはセンサーで時間が経つと消えるので、トイレの電気をつけるのを忘れたようだ。

明かりをつけてトイレから連れ出すと、

「4〜5人おばさんらがおったが、その人らはどうしたの?」「えっ、誰もおらんよ」「いや、おばさんらが寄って粉を練っとったけど」「それは昔の夢を見たのよ」「だんごを作っとったで」「誰もだんごなんて作ってないで。昔の夢よ」「いや、おったけど、どこへ行ったんやろ」
……手を引いてベッドで寝かす。ああついに妄想が出てきたか！

令和3年11月8日

✧昨日の深夜午前0時過ぎ、母がベッドから転げ落ちて亀が裏返ったような状態で身動きできない状態になった。やっとの事で起こしトイレに連れて行く。

「どこか打ってないかな？　痛いとこないかな？」

「うん、胸がちょっと痛いけど大したことない」

……と言うので少し安心して寝かしつける。

翌朝、胸が痛いと言い出したので病院に連れて行った。レントゲン診断の結果、骨に異常はないので痛み止めと湿布薬治療でいいだろうということになる。

通りかかった看護師さんが声をかけてくれた。「あらあ、久しぶりやねえ。元気そうやない」と、問診票に目を通して「エーッ、１０３歳。あらあ、元気やねえ」と言うと、周りにいた人たちが一斉にこちらを振り向き、称賛？の拍手がわいた。車椅子も使わずに病院に来る超100歳も珍しいのだろう。

令和3年11月19日

✧前回受診の時の血液検査の結果が出る日。あれからもう10日も経つというのに、腕を動かしたりする拍子に非常な痛みがあるという。再度レントゲン撮影。

今度は先生「肋骨にヒビというか、折れています」と言う。痛いはずだ。

「肋骨は折れやすいから。でも、また治りやすいですから」とも。

前回の見落としだったのか、いや私も一緒に写真は見たし、それはあり得ない。それ以降に何かの拍子に折れたのかもしれない。103歳、骨も相当に脆くなっているのは確かだ。血液検査の結果は特に気にすることはない、上々の数値だった。

令和4年1月12日

✧新しい年が明けて、母も無事104歳を迎えた。

例年のように2人の孫からは花束が届き、兄からは菓子、妻からはケーキ、私からは昨年より1本増えて19本の黄色いバラの花。来年は20本になるので、まだまだ頑張ってほしい。お隣さんや松山の従姉妹からもプレゼントを頂く。

感謝、感謝。

令和4年2月12日

✧珍しく8時前に起きてきた。パジャマのままで足元がおぼつかない。曰く、「今はもう夜かな?……昼かな?」。私「まだ朝の8時よ、外が明るくなってるやろ」。「あぁ、朝かな……」「まだ早いからもういっぺん寝さいや」「そうしょうかなあ……」

ここのところ、昼前に起きてくることが多くなって、時には夕方まで寝てることもあるくらいです。

午後1時過ぎに起きてきて「よっちゃん

（私の兄）は来てないのかな？」。

「来てないで、今はコロナで帰れんのよ。ずーっと東京におるよ」

「そうかな、コロナやったら仕方ないなあ」

どうも兄貴の帰ってきた夢を見たようだ。それから軽く朝昼兼用でパンとコーヒー牛乳を飲んで朝の薬を服用さす。そしてまたベッドに帰って行った。

午後6時過ぎ再び起き出してきて「みんなの石塔はあるのかな？」。

「石塔？　……お墓のことかな？」「そう、みんなのお墓はあったやろか」

「吉田のお寺にちゃんとあるよ」「そうかな、そうならええけど」

この歳になっても、色々と気になることが多いようです。

令和4年2月27日(日)

✧昨日から急に暖かくなって、天気もいいし、昼間は15度くらいになる。

妹が車椅子が設置してある介護用軽四で来てくれた。今が見頃の南楽園の梅観に誘ってくれたのだ。そういえば地元のニュースを見た母が行きたいと言っていた。

園内を車椅子で一周、「わあー、綺麗やなあ」「気持ちええなあ……」と何回も言う。こうして遠出をして、お日様を長時間浴びたのは最近では記憶にない。

帰りには妹の友人の店でぜんざいを頂く。

帰ってから母、「喫茶店でぜんざいを食べる102歳もあんまりおらんやろな」。

あんまりおらんやろけど、あんたは104歳です。

令和4年6月8日

✧我が家ではまだ電気コタツが健在である。さすがにこの時期電気は入れてないがコタツ布団は除けられない。

私が買い物から帰ってくると冬用の上着を着てコタツで寝ている。

私「寒いかな?」母「ううん、寒くない。

ちょっと寒かっただけ」って、つまり寒いのである。昼間は26度にもなった陽気だ。

水曜日だからお風呂の日。午後2時から3時までの間、ヘルパーさんに入浴介助してもらいます。

夕食前に、私「ちょっと風呂に入るから」

母「私は（入らんでも）ええわい」

私「今日は風呂に入ったやろ。ヘルパーさんに入れてもろたやろ」

母「そうやった、忘れとった」

風呂に入れてもらってからまだ3時間も経っていない。

令和4年7月23日

✧3年ぶりに和霊大祭（最近は宇和島牛鬼祭という）が開催される。コロナのため、規模も大分縮小されてではあるが、全国的に規制も緩和され、やはり経済活性の機運が高まってきた。が、この時になって急にコロナの変異株の感染者が急増してきており、過去最多の感染者数が全国的に報じられている。こちらでも連日80人前後の感染者が報告されている。

夜8時。バーンという強烈な花火の音。音に誘われて外に出てみると、高く上がった打ち上げ花火の輪が、上3分の2ほど黒い山の端の上から見えた。母に知らせるまでもなく、もはや玄関の廊下近くまで這いずるようにして出てきていた。

「もう、花火もこれが最後やけん」……抱えるようにして表に出して、腰掛に座らせた。音に比べて見える数は少ないのだが、「ああ、キレイやなあ」と言って喜んでいる。2階の干し場ならもっと見えるかしらと思って行ってみた。下よりは見えるがここまで母を上げるのは無理だ。すぐに引き返してみると、なんと腰掛ごと後ろにひっくり返っているではないか。しまった、と思ったがもう遅い。腰を強かに打ち、頭には瘤、右肘は擦りむいている。なんとか連れ戻し、傷テープや消毒をして応急処置をした。フィナーレのクライマックスは見る余裕さえなかった。

令和4年7月24日

✧昼前には起きていたが、昨日の転倒による腰の痛みを訴え、一日中ベッドの中で過ごした。日曜日なので病院も休みだし、ちょっと我慢してもらうしかない。たまたま妻がイサギの煮付けと塩焼きを持ってきてくれたが、それも食べられなかった。水のほかはアイスクリームとスイカを少し食べただけ。

トイレが困った。ポータブルトイレに一人で座れない。夜中は3度もトイレの介助が必要だった。おかげで寝不足である。

令和4年7月25日

✧早々にかかりつけ医のところへ連れて行く。幸い骨に異常はなかった。湿布薬と痛み止めをもらうが時間はかかりそうだ。日にち薬しかないようだ。もし骨折でもしていれば、縁起でもないが致命傷になるところだっただろう。１０４歳ともなれば小さな子供同様に気配りしないといけないと、自分では気を付けていたのだが、ちょっとした気の隙が事故になってしまった。大いに反省をする。最後かもしれない花火は、悲しい花火になってしまった。

※余談ですが、昨年末に左足が足底腱膜炎になり、歩くと踵に痛みが走り、医師からはあまり歩き過ぎないようにと言われました。年３００回以上登っていた城山も今年は十数回しか行けてません。母にも手がかかるようになり、朝6時起きも困難になり、四季折々の楽しみがある城山散歩もできなくなっていきます。

令和5年になりました。

少し間が空いてしまったのは特筆すべき出来事もなかったのと、私自身書き留めていたデータを誤って消してしまったからです。それを良しとするか否かはさておいて、ノブちゃんの体調はやはり段々と悪くなっています。

令和5年1月12日

✧105歳誕生日、元気で迎える。

100歳15本から贈り始めた私の薔薇プレゼントも、毎年1本ずつ増やしてついに20本になった。ここまで続くとは思わなかったが、一応願望年数までは長生きしてくれた。昨今の物価上昇に合わ

せて、薔薇も5年前の倍に値上がりしていて一本300円になっていたのには驚いた。
孫のゆう子は大阪からわざわざ駆けつけてくれるし、今年結婚が決まった久美子も松山から来てくれた。母も大喜びで、二人にはお年玉をやっていたが、二人が帰る頃には「お年玉あげないかん」と言って、早渡したことを忘れている。
二人は「何べんもらってもいいよ」と大笑い。すしえもんのご馳走とケーキで盛り上がりの楽しい誕生日でした。

令和5年1月19日　0時20分

✧夜中急に起き出して、「どうしたの？」「今日は8月かな？」「まだ1月よ。このあいだ誕生日で、お祝いしたばかりで」「1月かな。そんならあれあげないかん」「あれ……お年玉かな？」「そう、お年玉よ」「それならみんなにあげたよ。ゆう子も久美子にもあげたよ」「ほんならええんよ……」
冬も夏も時間の経過も頭の中にはないらしい。

令和5年1月25日

✧10年に一度の寒気がやってきたとやらで、日本列島の天候は大荒れ。各地で雪害が起こり、高速は24時間10キロメートルにも及ぶ大渋滞を起こしたところもあった。我が家のつくばいには厚さ12ミリの氷が張った。

その夜、母意外にも早く9時過ぎに床に就いた。そして10時過ぎにトイレに立つ。その後よろける足取りで居間にいる私のところまで来て、

「明日は巻き寿司を作らないけんなあ」と言い出した。

「なんで？」「お節句やけん巻き寿司を作らないけんなあ」「今日は1月の25日で。まだ正月！　お節句は4月よ」「そんなら作らんでもええんかな？」「まだ3カ月先やから」「巻くやつ（巻き簾のこと）を買うてこないけんし」「だから先でええのよ」「先でええんかな」「ええんよ。だから安心して寝さいや」「そんなら寝るわい」

と言って、やっと床に就いてくれた。

令和5年4月4日

✧朝10時少し前、廊下でドタッと大きな音がした。驚いて私と妹が部屋から飛び出すと、

悪い予感が当たってしまったように母がうずくまっていた。ベッドから起き出してトイレに行こうとしていたところ、「足が思うように動かんで、こけたんよ」「痛いとこないかな?」膝のあたりをさすりながら「この辺が痛い」「膝は折れることないと思うが……」痛いを連発するので、とにかくベッドまで連れて行く。少し向きを変えただけで激痛が走るようで「これは医者に行かないけん」と、普通なら行かんでもいいと言うはずなのに、よほどのことだと思う。

救急車を呼ぶと10分も経たないうちに来てくれた。車の中で救命士が私にいろいろ質問してくる。「生年月日は?」「大正7年……」と答えたのは、耳の遠い母でした。こりゃあしっかりしてるわ。それから受け入れ先の交渉。まさにテレビドラマ『TOKYO MER』の鈴木亮平と同じ口調、同じ落ち着いた対応ぶり。俳優さんはかなり勉強しているのだと感心する。近くの整形外科は無理だというので、主治医のT医院に移送。レントゲンを撮ると「骨折していますねえ、これはうちでは無理です」と言われて、次はジェイコーにまた救急車で再送してもらった。担当してくださった先生が「手術しましょう」と簡単におっしゃる。ただ少し年齢は気になりますが、手術しなければずーっと寝たままになってしまうだろうから、と言われれば否やの判断はない。コロナ禍なのでそばについていることができず、「手術したら治るけんね」と励まして、早々に帰ることしかできなかった。

令和5年4月8日

✧手術の日、たまたま私の誕生日。病室から手術室に向かう廊下で、妻と妹とほんの何秒か声掛けするだけしか会えない。待つこと約1時間、手術無事終了。思ったより早くて安心。私だけ病室での面会が許された。しかも10分間だけ。実際は5分ほど無理やり延長してもらったが、麻酔のせいか頭が割れるほどの痛みを訴えていた。「ああー、気狂いになりそうや」と絞り出すように言う声に、手を握ってやるしかなかった。あとは先生に頼るほかない。

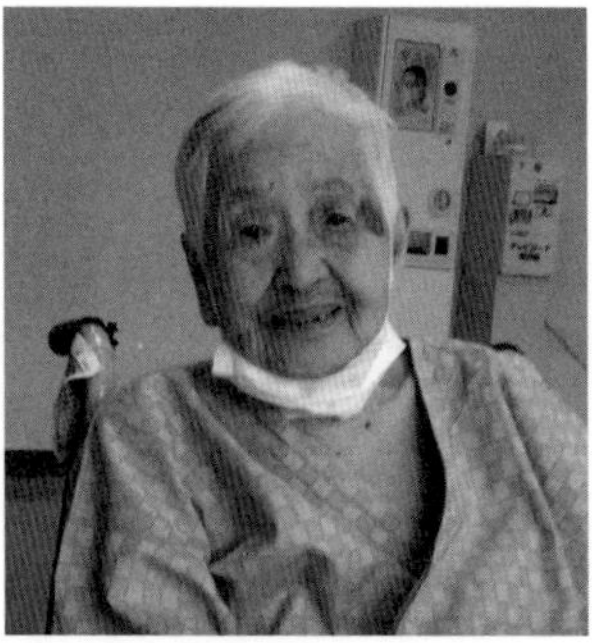

コロナ禍とあって、面会が規制されている。週1回午後2時から3時のあいだ、しかも一人だけ、面会時間10分。5月にはそれが5分となった。私と妹、それに松山からわざわざきてくれた久美子らで、その時間を利用する。

その他に看護師さんの助言で、予約以外の時間にお菓子とか本とか、松山のいとこの絵手紙などを差し入れ。それは受け付けてくれて、運よければ車椅子に乗って5メートルくらい離れた所まで連れてきてくれて、なんとか顔を拝むこともできた。遠くから「あんた元気かな？」と心配してくれる。逆である（笑）。

ジェイコーはまだましの方である。市立病院などは未だに面会禁止らしい。コロナのせいで入院患者に会えないまま、永いお別れをしなければならなかった家族友人たちの無念さはいかばかりであったろう。

令和5年5月31日

✧本日無事退院。時々面会していたせいもあって、あまりやつれは感じられない。2カ月ぶりに部屋に帰った一言「よその家に来たみたいやな」「病院のほうがええかな？」「そりゃあこっちのほうがええわい」……足取りは入院前の6～7割程度だが、私や妹の介助でなんとかベッドまでたどり着けた。腿の方は2～3割細くなったみたいだ。

好物のばら寿司を力込めて作ったが、残念合わせ酢の塩梅が悪かったのか、私としてはイマイチの味になってしまった。昨日より9種類の寿司具は上手く炊けていただけに残念。

それでも母は「美味しいよ」と言ってくれた。

その晩、日付も変わろうかという頃、すやすやと眠っていた母が急に、「痛い痛い」と悲鳴に近い声で叫び出した。私としてもどうしようもなく、ただ手術した右足をさすり、飲ましていいのか悪いのかもわからずままよと、2回目の睡眠剤を飲ました。20〜30分も経ったであろうか、やっと平静を取り戻し今度は大いびきで眠りだした。やっと一安心が、午前3時過ぎ起きだして「トイレ」という。

近くに備え付けたポータブルトイレまで連れていく。足の痛みはだいぶん和らいでいるようだ。この晩、私はほとんど眠れなかった。想像通りの介護が待っていると思うとこれから先も大変なものとなるだろうが、私もできるだけ笑顔でいられるよう頑張ろう。

母の留守中思ったことだが、母の世話をしていることは私にとっては一つの生き甲斐でもあった。母は私のおかげで長生きできたというが、そうだ、母によって私も生かされていたのだ。

令和5年7月16日(日)

✧私にもたまには息抜きが必要。ということで、松山の友人との飲み会を設定して、母初めての1泊2日のショートステイに預けることに。近くの「いづみ」という施設。孫の結婚式で9月末にはまたお世話にならないといけないので、その予行演習を兼ねて。「ホテルに泊まるような気分で行って来さいや」と言うと、母嫌がりもせずにっこり笑って承諾してくれた。

翌夕、元気な姿で帰ってきた。

本人曰く、「よかったよ。みんな良くしてくれて」。施設の人も「ニコニコと楽しくすごされていましたよ」と、言われたので一安心です。

令和5年9月29日㈮

✧10月1日に岡山で孫の結婚式参加のため、母をショートステイに預ける。

明日出発するので、前日の今日から入ってもらった。今回は3泊4日、前回と同じく「いづみ」さん。

夕方、施設から電話が入る。「お母様、胸が痛いと言って苦しそうですがどうしましょう？」ここのところよくある胸の痛み。「1時間ほど様子を見ていたら治ると思うのですが」と伝える。1時間ほどして電話「大分落ち着かれたようです」とのこと。それからまた1時間後、「今お部屋に行ったら、ベッドに腰掛けてにっこり微笑んでいました」と、先方も安堵の声。これで安心して岡山へ行けます。

令和5年10月2日

✧夕方、母帰宅。今回も元気そうだ。

「どうやった?」

「うん、良かったよ。みんな優しくしてくれて」と、まんざらでもなさそう。

施設の人「また来てもいいと言われていましたよ」私、大笑い。

いざという時の味方が増えたようです。

令和5年10月14日

✧今日はお風呂の日。ヘルパーさんが来てくれたが、少し前から胸の痛みを訴えて、今日の風呂は中止にしてもらった。小一時間ほどすると治まったようだ。

その晩、10時頃から胸の痛みを訴え出す。いつものやつだろうと思っていたが、その苦しみようが尋常ではない。痛み止めを飲ますが、咳き込んでなかなか飲み込めない。寝てもいられないようで、体を起こし苦しんでいる。背中をさすったり揉んだり叩いたりしても、一向に治まらない。しまいには「病院に連れて行ってくれ」という。義母の入院付き添いをしている（このことは母には内緒にしている）元看護師の妻に電話を入れると「救急車を呼びなさい」という。即、119へ電話入れると、10分ほどして到着。さあ、車に乗り込もうとすると、母、何もなかったかのように「トイレへ」という。一瞬ガクっとなる。あの痛みの最中でもトイレは我慢できないようだ。薄々、大分治まってきているように感じた。

そして市立宇和島病院へ。救急車は4月に骨折で乗った以来、今年2回目だ。

妻が付き添いをしている病院が近いので、夜中にもかかわらず来てくれた。救急治療室に入って約1時間、母も落ち着いてきましたからもう帰ってもいいですよ、と看護師さんが言ってくれてやっと面会。手を握って「大丈夫かな？」と聞くと、「ああ、大丈夫やで」と、元気を取り戻した声になっていた。タクシーで妻をジェイコーに送り、二人が家に着いたのが翌日午前1時半頃。ベッドまで連れて行くと、母は何もなかったように深い眠りに就いた。

令和5年11月7日

✧昨夜の10時頃からまた胸の痛みが出てきた。まずは痛み止めを飲ますが一向に効き目がない。背中をさすったり、肩を揉んだりと気を散らしているとそのうち眠りに就いた。午前2時を回った頃、再びうめき声をあげて痛みを訴える。最後の手段ニトロを飲ましてみる。悶えながらも1時間ほどしてやっと寝息を立て始めた。が、40分ほどして今度は「あああ〜!」と大声を発して苦しみだした。これはただ事ではない。しきりに唾を吐いているので洗面器を持ってくると、黒い吐瀉物を吐き出した。黒い海苔の佃煮のようなものだ。夕餉に出したナスと醤油の色かなと推測したが（後に元看護師の妻に聞くとそれは血だという。血は赤いものだと思っていたが、胃の中で濁ってどす黒くなったようだ）、もはや救急車を呼ぶほかはない。今年3度目です。

午前4時過ぎに市立病院へ運ばれた。救急で対応してくれた先生は、「ガンか胃潰瘍かもしれないので、精密な検査が必要だ」という。とっさに、数年前逆流性食道炎で苦しんでいたことを思い出し先生にその旨を告げた。そうだ、胸や心臓が悪かったのではなく、食道の痛みだったのだと確信した。そのまま母は入院ということになり、私が家にたどり着いたのは午前6時を回っていた。

令和5年11月13日

✧母の退院。その間、インフルエンザ・コロナ対策とやらで、面会は許されず。

さぞかし母も心細かったことだろう。私の顔を見るなり涙ぐんで思いっきりの笑顔を見せてくれた。ガンでも胃潰瘍でもなかった。やはり逆流性食道炎のようだったが、もうこの歳になったら何が悪いのやら断定するのは無理のようだ。過去の症例も少ないだろうし。

「大丈夫やったかな？」「うん、大丈夫やったよ。もう痛みもないし」

と、6日間入院していたことは忘れているような普段の顔に戻っていた。

もう胸や食道の痛みを訴えることはなくなったけれど、手術後の右足は相変わらず時を選ばずに痛みが襲ってくる。湿布薬は当然のこと、あまり効き目の感じられない疼痛時の頓服薬も欠かせなくなった。

令和6年、おっとろしや106歳のお花見

令和6年、106歳を迎える年が明けた。

令和6年1月12日

✧新たな年も明けて母元気に106歳の誕生日。妹夫婦と私、今年は特別に従姉妹の敏江ちゃんも来てくれた。私の妻は義母の病院付き添いで来られないので、1週間前に手製のお寿司やお菓子のプレゼントがあった。

すしえもんの持ち帰り寿司やケーキで

お祝い。母には特上握り9貫を用意した。料理ハサミで半分に切って出すのですが、玉子を半分残しただけの完食。ビールもコップ2センチほど飲み「ああ〜、おいしいなぁ、みんなで食べるとホントにおいしいわ」と、いつも以上の満足した笑顔いっぱい。

私の今回のお祝いはミディ胡蝶蘭。今までのバラも節目の20本でやめて考えたのがこの蘭。「110歳になったら偉い人の選挙当選時のような大型の胡蝶蘭を贈るから、それまで長生きしてや」と言ったら大受け。

他にも孫や従兄弟からの花束やお菓子など、喜びいっぱいの誕生日でした。

令和6年2月27日

✧2月7日のジェイコー3カ月検診も特に変わったことなく安心していたが、夜中より右腿の激痛を訴える。揉んだり撫でたり頓服を飲ませたりして、落ち着いたのが4時頃。私もほとんど眠っていない。10時過ぎに母を起こし、ジェイコーへ連れて行く。たまたま担当の先生がおられる日で助かった。予約なしなので2時間ほど待たされる。レントゲンを撮って説明を受ける。手術後の状況は良好だが、この痛みは治りそうにない。家に帰れば時計は午後1時20分。

令和6年3月7日

✧昨夜は10時半頃就寝。そして日が変わる頃、いつものようにトイレかと思いきや「眠れんから眠り薬を出してや」という。この薬を飲ますと翌朝足が立たないほどになる時があり、あまり飲ませてはいない。さらに「薬を※▶●……」と訳が分からないことの繰り返し。仕方なく薬を飲ます。がすぐには眠らない。

日が変わった頃、「重箱に入れてみんなに食べさしたらええわい」意味不明のことをいう。たぶん夢を見ているのだろう。

しばらくしたらベッドから降りてきた。「どうしたの?」「うちはどうもせんけど裸の人がおる」「誰もおらんぜ」「そこにおるよ、着物作って、着させたらええ」「それは夢よ夢、誰もおらんから寝さいよ」もう1時を回っている。数分後、大いびきをかいて寝たかと思ったら、また上半身を起こし水をくれという。水筒の氷水を飲ますと布団をはぐって起き上がる。「風邪ひくガナ」「もうみんな揃ったかな、恵子ちゃんも和尚さんも拝んでもろたかな? ……あんたがおらんかったら始末がつかんとこやった」ひょっとして自分の葬式の夢だろうか。

私「みんな帰ったから安心して寝さいや」

母「そんならええわい」1時50分です。

そして寝たかと思うと数分後また横になったままで、「ご本尊も拝んでもらったかな?」「もう終わったよ」でまた眠り、5分ほどしてトイレに行くという。ポータブルで済ませると「お母さんは終わったのかな?」さっきの続きかな……「何処のお母さん?」「吉田よ」ひょっとしたら吉田のとしちゃん(親戚でよく気にかけていたが、一昨年亡くなったことを最近知った)のことかな。「もうみんな終わったから安心して寝さいや」まだ真夜中2時20分。それからは落ち着いたのか朝10時頃までは寝てくれた。本格的にボケの症状が始まったのか。

私はほとんど眠っていない。

令和6年4月1日

✧快晴。家から見える丸山公園の桜も満開に近く、ピンク色が鮮やかに映える。

「お花見に行ってみるかな？」

「ああ、ええなあ」の一言で、最近気に入っている保田公園まで出かけた。久しぶりに妻を誘ったら、喜んで行くという。

スーパーで弁当を買って満開に近い桜の下でお花見。平日のせいもあって人は少ない。

「きれいやなあ、宇和島にこんなとこあるの知らんかった」

令和６年、おっとろしや106歳のお花見

「来年もくるかな?」
「ああ、くるで!」
と、笑顔いっぱい。
さて、おっとろしや
１０７歳のお花見、
みんな
楽しみにしていますよ。

初めての日本髪（20 歳頃）

関本　延子

大正 7 年 1 月 12 日生まれ

関本　和郎（せきもと　かずお）

1950年　愛媛県宇和島市に生まれる
宇和島南高等学校卒業
松山商科大学卒業
大阪の印刷会社に約40年間勤務
2012年より宇和島市立勤労青少年ホーム勤務
2015年３月ホームを定年退職

趣味：宇和島城散歩
全日本剣道連盟居合道５段

おっとろしや　ひゃく六歳
元気な母ちゃんと私の愉快な日常

2025年４月８日　初版第１刷発行

著　　者　関本和郎
発 行 者　中田典昭
発 行 所　東京図書出版
発行発売　株式会社 リフレ出版
〒112-0001　東京都文京区白山 5-4-1-2F
電話 (03)6772-7906　FAX 0120-41-8080
印　　刷　株式会社 ブレイン

© Kazuo Sekimoto
ISBN978-4-86641-847-6 C0095
Printed in Japan 2025
本書のコピー、スキャン、デジタル化等の無断複製は著作権法上での例外を除き禁じられています。本書を代行業者等の第三者に依頼してスキャンやデジタル化することは、たとえ個人や家庭内での利用であっても著作権法上認められておりません。

落丁・乱丁はお取替えいたします。
ご意見、ご感想をお寄せ下さい。